大　師　名　作　坊

MASTERPIECE 74

爲什麼孩子要上學

大江健三郎◎著
陳保朱◎譯

目錄 CONTENTS

為什麼孩子要上學？

1

到目前爲止的人生當中，我曾經兩度思考過這個非常重要的問題，雖然痛苦，但是，除了沉思之外別無他法。不過，就算問題並沒有完全解決，擁有過沉澱思考的時間，日後回想起來，就知道其實非常具有意義。

當我思考此事的時候，很幸運地，兩次都得到了好答案。我認爲這是自己人生裡所得到不計其數各式問題的答案中最好的一個。

初次遇上小孩子爲什麼要上學這個問題，與其說是思索不如說是強烈質疑，那發生在我十歲那年的秋天。當年夏天，我的國家在太平洋戰爭戰敗。在這次戰爭中，日本和美、英、荷、中等聯盟國開打，核子彈第一次降落在人間都市。

因爲戰敗，致使日本人的生活產生了很大的變化。在那以前，我們小孩子，甚至大人，都被教育著去相信，我們的國家裡具有強大力量的天皇是個「神」。但是戰敗後，很顯然天皇也不過是個凡人而已。

戰爭的敵對國家裡，美國是我們最爲恐懼，也最憎恨的敵人。然而現在，它卻是我們要從戰爭的傷害中重新站起來時最依賴的國家。

我認爲這樣的變化是對的。我也很清楚，與其讓「神」來支配著現實社會，還不如施行民主，讓每個人都擁有同樣的權利更好。我漸漸感受到，我們不再有軍隊，不用因爲有了敵人，就必須去殺別國的人（也可能會被殺），是個很了不起的變化。

戰爭結束的一個月後，我就不再去上學了。

直到盛夏之前，老師們原本說著天皇是「神」，要我們朝著相片膜拜，還說美

國人不是人，是鬼、是野獸；突然間他們毫不在意地開始說著完全相反的事情。完全不提之前的想法、教法錯了，現在需要反省，只是非常自然地改口說，我們天皇也是人，而美國人則是朋友。

美國駐軍部隊乘著幾部吉普車，進入位在森林山谷間的小村莊裡——我出生長大的地方——學生們站在道路兩旁，搖著手製星條旗，大叫著Hello，夾道歡迎。那天，我離開了學校，走入森林裡。

從高處向下望著山谷，像迷你模型的吉普車沿著河旁的道路駛來，雖然瞧不清楚豆粒般大小的孩子臉上的表情，但確實聽到了Hello的叫聲，我突然流下了眼淚。

2

從隔天早上開始，我一到學校就馬上從後門溜出，跑進森林裡，一個人待到傍晚爲止。我帶著一大本植物圖鑑。把森林裡樹木的正確名稱對照著圖鑑，一一地確認並牢記在腦中。

我家從事某項和森林管理有關的工作，所以，我只要把森林裡的樹木名稱和性質都記起來，將來生活上一定派得上用場。森林裡樹木種類非常多，每一棵樹的名稱和性質都各不相同，我覺得有趣極了，幾乎沉迷於其中。到現在我還記得的樹木拉丁文學名，大多是這時候經過實地學習而來的。

我已經不打算再去學校上課了。我認爲獨自在森林中，從植物圖鑑裡學好樹木的名稱和性質，就算是長大了，生活也一定不成問題。另一方面，也因爲在學校裡並沒有可以互相討論的老師或同學，聊聊我打心底覺得有趣的樹木。我爲什麼要去這樣的學校，學些和長大之後的生活似乎完全無關的東西呢？

在秋天裡一個下著大雨的日子，我仍舊繞進森林裡。雨越下越大，在林中四處形成前所未見的湍急水流，道路被土石沖毀。到了夜裡，我還是無法走回山谷裡。我發著高燒，隔日，被發現倒臥在一棵巨大的七葉樹底的洞裡，是村子裡的消防隊員們把我救了出來。

回到家中，我依舊高燒不退，從隔壁鎮上請來的醫生說——我像作夢一樣聽著——已經藥石罔效，無藥可醫了。他說完就回去了。只剩下母親，仍舊抱著希望繼續看護我。一天深夜裡，我還是持續發著高燒，依舊感覺很虛弱，但是，我卻從像被熱風包圍的夢中世界裡張開眼，腦筋淸醒過來。

如今連在鄉下也很少見了，在日本過去的房子裡，大多是直接在榻榻米地板上舖好棉被就寢，而我就這樣睡著。枕邊坐著應該已經好幾日沒闔眼的母親，低頭看著我。接下來我們是以地方語進行對話，但是爲了讓年輕人也看得懂，所以我改成一般日語。

我也覺得自己情況不樂觀，慢慢悄聲問她。

——媽媽，我快要死掉了嗎？

——我不認爲你會死。我希望你不要死掉。

——我聽到醫生說，這個孩子快死了，已經沒救了。他認爲我會死吧！

母親沉默了一會兒，然後說：

——就算你眞的死了，我還是會再把你生下來，別擔心。

——但是，那個小孩子和現在就要死掉的我，應該是不一樣的孩子吧？

——不，是一樣的！我一生下你之後，就會把你過去看到、聽到的、讀到的、做過的事，全部都講給新的你聽。也會教新的你說現在會講的話，所以，你們兩個孩子就會一模一樣了哦！

母親這麼回答我。

我雖然還搞不太淸楚這是怎麼回事，可是，心情平靜了下來，好好地睡了一覺。隔天早上起，我就開始復原了。不過恢復得很慢，到了初冬，我才能自己去上學。

3

在教室裡上課或者是在運動場上玩棒球時——這是戰爭結束後盛行的新運動；我總會不知不覺地發著呆，一個人陷入沉思中。我想著，現在在這裡的我，會不會是那發燒痛苦的孩子死掉後，媽媽再次生出來的新小孩呢？我那些舊有的回憶，是不是媽媽把那個死去的孩子所見、所聽、所讀、所做的事情，全部說給我聽，才知道的呢？而我是不是因爲繼承了死去孩子所使用的語言，才可以像這樣思考、說話呢？

在教室裡或是運動場上的這些孩伴們，是不是也都經過媽媽們把那些不能長大的孩子所見、所聽、所聞、所讀過的書、做過的事重述，讓他們代替那些孩子繼續活下去呢？而這事的證據就是我們大家都繼承了同樣的語言在說話。

而我們每個人不就是爲了把這語言變成自己的東西，所以才到學校來的嗎？

我想不僅是國語、理科、算數，就連體操，也都是爲了繼承死去孩子們的語言，所必須學習的東西！獨自一個人跑到森林中，對照著植物圖鑑和眼前的樹木，並不能代替死去的孩子，不能和他同化，變成新的小孩。所以，我們必須到學校來，大家一起讀書、一起遊戲……

我現在所講的事情，或許大家會覺得不可思議。我自己也是在很久以後才想起這個經驗，對於長大後的自己來說，那個初冬裡，好不容易養好了病，帶著平靜的喜悅再度回到學校時，才發現，一直以爲已經理解淸楚的事情，其實自己根本沒搞懂。

另一方面，對於現在身爲小孩子、新孩子的你們，我抱著可以讓大家輕鬆理解的期望，把這從未曾書寫下的回憶細數出來。

4

另一個回憶是在我長大成人之後所發生的事情。我家裡的第一個小孩，是一個男孩，叫做光。他出生時腦部異常，頭看起來有兩個大，後面長著一個大瘤。我們請醫生盡可能地把瘤切除縫合，而不要影響到腦部本體。

光很快長大，可是到了四、五歲還是不會講話。但是，他對聲音的高低、音色非常敏感，比起人類的語言，他更記得許多野鳥唱的歌曲。而且，他一聽到鳥兒唱歌，就會說出在唱片上學到的小鳥名稱。這就是光最初的語言。

光七歲時，比一般健康的孩子晚一年入學，並進入「特教班」就讀。那裡聚集了各式各樣身體殘障的孩子。有的孩子一直大聲尖叫，也有的孩子不能安靜片刻，動個不停，不斷撞桌子、翻倒椅子。從窗戶往裡頭窺看，光總是兩手捂著耳朵，身體僵硬著。

這時，已經是大人的我，又再次問了自己和孩童時代同樣的問題。光爲什麼

非去學校不可呢？他淸楚野鳥的歌聲，喜歡父母教他認識小鳥的名字，我們爲什麼不可以回到村子裡，住在森林高地草原上的家中，三個人一起生活呢？我可以讀著植物圖鑑，確認樹木的名稱和性質，光可以聆聽小鳥的歌聲，說出牠的名字。我太太可以幫我們兩個人畫素描，煮飯做菜。爲什麼不能這樣呢？

但是，這個連身爲大人的我都難以回答的問題，是光自己找到了答案。光進入「特教班」不久，就找了和自己一樣不喜歡大聲噪音的朋友。後來，這兩個小傢伙就常一起窩在教室角落，手牽著手忍耐著。

而且，光還幫助這位運動能力比自己還弱的朋友去上廁所。自己對朋友有所幫助，這件事情對於在家中只能完全依靠母親的光而言，是非常新鮮的喜悅。之後，這兩個人就在與其他的孩子有段距離的地方，並坐在一起聽FM音樂廣播。

過了一年，光發現自己對於人類所作的音樂，比對鳥兒的歌聲更能理解。光甚至會把廣播中朋友喜歡的曲目抄寫在紙上，帶回家來，然後翻找家中的CD。就連老師也發現幾乎不說話的兩人，他們之間開始用巴哈、莫札特等字眼。

5

從「特教班」到殘障學校，光都和這位朋友一起上學。在日本，高中三年結束後，就沒有智障兒可唸的學校了。畢業的這一天，老師必須對著將要畢業的光和同學解說，明日開始就不必上學，而我也以家長的身分陪同聽著。

在畢業典禮的party上，聽了好幾次明天開始不必來上學的說明後，光終於理解地說：

——眞是不可思議啊！

過一會兒他的朋友也說：

——嗯，眞是不可思議。

他很認眞地回了話。兩個人像是嚇了一跳，說完後，浮現出平靜的微笑來。

光跟著母親開始學習音樂，爲了已經可以作曲的光，我以這段對話爲基礎，寫下了一首詩，由光來譜曲。從這首曲子所發展出來的「畢業・變奏曲式」曾在各演奏會上演出，很多人都聽過。

現在，對光而言，音樂是爲了確認自己內心深處的豐富寶藏，並且傳遞給他人讓自己和社會有所連結的最有效語言。它雖然是萌發於家庭生活中，但是卻是在光上學之後形成。不管是國語也好，理科或算數、體操或是音樂也罷，這些語言都是爲了充分瞭解自己，與其他人連繫。外語也是一樣。

爲了學習這些東西，我想不管在任何時代，這世界上的孩子們，都應該要去上學。

人為什麼要活著？

1

大多數關於祖母的回憶，回想起來多是後來大約七、八歲時發生的事。那是戰爭時期的事情。我的祖母名爲筆（hude）。她曾用透露秘密的口吻對我說，自己是爲了記錄這森林裡所有發生的事情才出生的。我曾想過，如果祖母在當時把這些事記在帳簿上的話，我倒是很想瞧瞧。

像避諱什麼似地，當我拐彎抹角的問她有沒有這種東西時，她的回答是：「我還沒寫下來，因爲都還記得清清楚楚的。」「等我再老一點，到了很難好好記住事情的地步，就會寫下來了。到時候你要來幫忙喔！」祖母說。

我眞的是很想幫忙。就算不是，我也喜歡聽祖母說話。因爲祖母是那種會把記得的事情說得活靈活現的人。她講話的時候常會岔題，把我所認識的土地、場所、住家或人名，用那個開著大朵山茶花的茂密地方、那家人三代以前有位叫左衛門的人等，乘興所至唱歌般的方式說下去。

在這麼多話題當中，她曾經說過在這山谷間的每個人，都有一棵「自己的樹」，生長在森林的高處。人的靈魂從這棵「自己的樹」的底部——也就是樹根處——降落到這山谷間，進入人的身體裡。死的時候只有身體會消失，靈魂則是會回到樹的所在去……。

我問她「自己的樹」在哪裡呢？她回答「要死掉的時候，靈魂的眼開了就會知道了！」可是我急著想要現在知道，該怎麼辦呢？她說：「腦筋聰明的靈魂，就會記得自己是從哪一棵樹來的，可是不可以隨便說出來喔！如果走進森林裡，站在『自己的樹』下，有時會遇見老了之後的自己呢！這時候，尤其是小孩子，還不曉得該怎麼跟這個人應對，所以還是不要接近『自己的樹』比較好。」這是祖母的教訓。

老實說，很可惜我並沒有記得「自己的樹」這般聰明的靈魂。不過，有一段期間，我會一個人走入森林裡，站在長得高大氣派的一棵樹下，等待著遇見老了之後的自己。我想過，如果可以順利遇見那個人的話，我有個問題想要問他。我用學校裡教的標準國語，準備好了要問的問題。

——人爲什麼要活著呢？

普通的用法裡，「爲什麼」這個字，包括了「用怎樣的方法」以及「爲何」兩種意思。孩提時代的我，心裡頭打算這兩個意思都問。當然，決定正確的意思之後，再來詢問才是最正確的問話方式。但是，我想要兩個問題一起問，也想看看這個人會不會全都回答。

現在，我年近六十，還活在這世上。已經變老的自己。回到故鄉的森林中，走過氣派高大的樹下時——還是不知道是哪個種類的樹——，就會幻想著，說不定待會兒就會遇到半個世紀前還是小孩子的我在此處等待，準備上前來問我這個問題：

——人為什麼要活著呢？

我用以下的回答代替用冗長的談話。我不是個寫小說的人嗎？所以，我所想到的答案是閱讀夏目漱石的《心》不知第幾次時所發現的東西。雖然有點岔題，不過，如果你認為這是一本好書的話，就請每隔一段時間重新溫讀一次吧！每次，都用不同的色鉛筆畫線加注，這對自己很有幫助。

剛才說到《心》這本書，吸引我的地方是小說中這位被叫做「老師」的人，他對年輕人說的一段話。

「請好好記住。我是用這種風格活著。」我想漱石就像是在「自己的樹下」侃侃而談，才寫出了這本小說。

在《心》這本書裡，有一段話非常打動我：「當我的鼓動停止時，如果有一個新的生命在你的胸中停駐，我就很滿足了。」

我也是一邊寫著文章，一邊夢想著自己死後，還能繼續在年輕人的胸臆間，以新生命的形態繼續活下去。可是，我沒有勇氣說出口。具體而言，就是我沒把

這希望顯露出來，沒有勇氣以年輕人、或者小孩子年齡的人們爲對象寫一本書。光想到這一點，就知道這是從事四十年文章工作的我，最不用心的地方。

2

於是，漸漸地在我的心中想要寫一本書，給年輕人、甚至是小孩子看的心情越來越強烈了。

從一九九九年秋末之際，到今年初春爲止，我在柏林自由大學任教。與當地學生的往來互動情景，記憶常新，但是，還有一個更爲重要的經驗。很多在柏林工作的日本人都是攜家帶眷前來——當然其中也有父親是德國人，母親是日本人的家庭——，這些小孩子有些上德國高中，有些則是上日僑學校。

這兩種家庭的父母親，爲了讓孩子們可以把日語學得更好，於是自己出資，利用公立學校放假的日子租用校舍，開設了一間「柏林日本語補習授業校」。我認識經營這間學校的父母——特別是那位母親，常協助我解決日常購物等問題——所以，他們問我要不要到學校去對孩子們演講。

事實上，四年前在美國普林斯頓大學，我也經歷過同樣的事情，當時我想出了一種解決這種情況的「好方法」。對小孩子來說，某天來了一位陌生的大人給大家「講演」，其實是件挺無聊的事情。而對受邀去演說的人也是一樣，要他站在一群不認識的孩子面前，該講些什麼其實自己也不是很清楚。

我先請要來聽演講的孩子們，在聽講前先寫點「文章」來給我。然後我用紅色的鋼筆訂正文章中不正確的地方，有些文章雖然沒有錯誤，但我將它改得更簡潔有力，甚至把文章順序調換一下，把最想寫出來的部分用最容易懂的方式重新組合。這樣的做法，在日本古語裡的說法裡叫做「削添」。而同樣的事情發生在自己文章上時——不論詩或是文章都一樣——應該稱爲「推敲」。

但是，我不想使用這兩種說法。把別人的文章當成自己所寫的一樣，仔細琢磨、思索時，我喜歡用英文裡 elaboration 這個詞。

爲什麼呢？因爲用「添削」一詞，感覺上自己高人一等，好像是老師在改學生作文，而推敲又好似只是我單方面的觀感，有點個人趣味的味道。而elaboration這個字給人的印象是在和對方同等地位，一起切磋文章，把對方提高到和自己同等位置。

我改良普林斯頓的經驗，重新在柏林進行。在柏林的作文主題是〈德國人和日本人的比較〉，請孩子們先和老師商量想寫些什麼，小孩子們寫下許多日本學校入學體驗的趣事，內容相當出色，這一來我收集到了不少有趣的作品。

經過老師和孩子們商量後，每個人的作文摘要都歸納得很清楚。仔細觀察過自身經驗的孩子，不論是德國人或是日本人的事情，都可以用非常公平的眼光觀察。表現出在外國都市使用兩種語言生活的孩子們，對語言特有的敏銳感（今年夏天，由這位母親收集並保留了我的elaboration，也就是詳細列出哪個句子怎麼修改的印刷方式，做成一本漂亮的作文集）。

爲了回報努力寫文章給我的孩子，於是我自己也寫下了孩提時代的回憶，以及我那生來智障的孩子所發生的事情，在大家面前朗讀。並應知悉這次聚會的德國記者之託，把文章改寫成回答德國孩子問題的形式，發表在南德的報紙上。從 **elaboration** 在柏林生活的日本孩子的作文開始，我越來越想寫些針對年輕人、孩子們的文章，最後，終於開花結果——成了本書開頭所收錄的第一篇文章。

3

回到日本，直到二〇〇〇年夏天，於長野縣高原上和指揮家小澤征爾連續幾日

會談過後，心中再次明確地湧出想寫些同樣文章的心情。和小澤先生的談話內容，曾經刊載在某家報紙上，我想有些父母親可能曾讀給你們聽過。

在此之前，不論春夏秋冬，我從來不曾和光及妻子在靜謐的旅館裡生活過。那幾天，我們早晨會散步在晚上如暗紫色鉛筆般細細蜷縮的菊科雜草到了早上開成一片金黃的草地上，中午和小澤先生聊天，到了晚上，看小澤先生和美國著名的四重奏第一小提琴手一起教年輕人音樂——演奏弦樂四重奏、大提琴協奏曲，現場聆聽他們如何一點一滴完成表演。

看著小澤的指揮，聽著年輕音樂家的練習演奏，這是我親眼見過最令人感動的elaboration實例。還像是少女般的小提琴手、中提琴或是大提琴的年輕演奏者們，先演奏一段弦樂四重奏，然後中斷，思考著要呈現怎樣的音樂，該如何演奏，又該如何諦聽同伴們的聲音等等諸如此類的問題，小澤先生則是以非常易懂的話語和表情、動作帶領著他們找到答案。學生們透過紮實的技巧和不斷的練習——最後終於完成比剛才更出色、更容易明白的音樂。

我一邊注視一邊享受著音樂，對我來說，這些年輕人達到了某種人生自己的elaboration。而我正巧遇上了他們這重要的一刻。

小澤先生應該也是希望自己心臟停止的時刻，能在這些年輕人的胸膛間注入新生命繼續活下去，以此信念教導著他們的吧！

小澤先生說：感覺上快要沒有時間，緊迫萬分。把原本是歐洲人創作出的音樂，以世界級的水準變成日本人自己的東西，並受到歐洲人肯定的第一人，是指揮家小澤征爾。他想要把這些東西傳承給年輕人而工作著。在世界各地飛來飛去，從事充實的工作，忙碌之餘，還來到這個高原上，打從心底愉快享受著……

雖然，我在日本無法擁有現場教學的機會，但我開始會想要把自己身爲小說家所能知道的事情，更廣大地傳遞給這一代的年輕人們了。

在森林裡和海豹一起生活的孩子

1

這已經是二十年前的事了，確實發生過，但是到底是在哪裡發生的卻已經想不起來了。有次我到中國地方❶去演講時，被一個五六十歲的男人搭訕，他看來骨骼強健、一身肌肉發達，但是並不像是運動健身所得，感覺上像是一直從事肉體工作的人。

演講會終了，人群雜沓中，他突然間啪地一掌拍了我的頭，像個普通大人對孩子親狎的動作，然後注視著起身回頭的我。這一掌像是要確認我似地，那人以一種享受著新奇事物的表情這麼說著：

——哎呀，果然是你啊！那個住在河岸旁的傢伙！你曾經說過要在深山裡養海豹……我聽說從那村裡出來的小說家要來這裡，就想著會不會是那個傢伙。可是，我記不太得你的名字了。小時候你沒戴眼鏡吧？

這個人大笑著，在這小小的地方都市裡，往寂靜的夜路中緩緩走去。那個時候，我胸中那一塊懷念或者說複雜的疑惑，啵啵地不斷冒了出來。稍微把這老男人的身體——骨骼或肌肉線條年輕化，記憶裡就浮出一張山羊似的青年臉龐……。

然而，真正把我的記憶完整喚回的是這人像嘲笑孩子般地說「你曾經說過要在深山裡養海豹」這句話。

2

首先，不得不先說明一下海豹的由來。我慢慢回想起這件事情的全貌，那是十歲的春天到初夏期間發生——夏天時輸了戰爭，接連發生許多事情，讓我漸漸不能再當個幼稚的人了——但我知道就年齡上來說，自己還是太嫩了點。前一年，祖母和父親在短時間內相繼過世，接踵而來的事由，使我有了符合年齡的成熟，或者說更接近大人的感覺，但是另一方面，我又無法停止地沉浸在非常孩子氣的夢想之中。

在這裡所說的戰爭，是指在我六歲時，和美、英等國家間展開的太平洋戰爭，不過在此之前，日本和中國的戰爭已經打了一段時間。就我的年紀來算，差不多在我兩歲左右，是已經侵入中國領土的日本軍隊挑起了戰端。當時幾乎還是個嬰兒的我，什麼都不知道，等到我稍微明白我國、外國、世界這些語詞的意義時，我的國家已經和這個世界爲敵，掀起了戰爭。

在這漫長的戰爭期間，特別是太平洋戰爭開始後，新出版的雜誌變薄了，寫的東西也變得無趣了。雜誌的發行本數少了很多，感覺上似乎沒法兒送到我所居住的四國森林深處來。

所以，我才如此熱中地閱讀著好幾年前出版的雜誌，上頭記載著在加拿大極北的凍原上，這地方一年有大半時間被堅冰所覆蓋，居住在那裡的愛斯基摩人——現在，慣稱爲因紐特人（Inuit）——的小孩子，如何在延伸到海中的冰原彼端抓海豹。

只要在晴天的日子裡，走到冰原上接近海邊的地區，先在冰的表面找出被鑿開的小洞就行了。這就是冰底下有海豹窩的記號，這個洞是爲了讓才剛生下來不久的小海豹呼吸。書上寫著，只要等幼海豹從洞穴正下方探出臉來，在薄冰上用矛槍突地一刺，獵物就到手了。

我馬上想像著從眼睛到鼻子都被矛槍刺穿的小小身體，要我可一點也不想這麼做。之後，我便無法停止地想著小海豹的事情。如果是我，就會把這個用來呼吸的小洞弄大一點，把事先釣到小魚丟進去，跟小海豹混熟。等到這隻被誘上冰原的小海豹，在陽光下用爪子梳理了一下體毛，就可以帶著牠一起在冰原上散步……

然後不知從何時起，就算走在森林步道中，我也會想帶著一隻小海豹，還叫他「育空」——用報導上出現的地點命名——跟牠說話。我這奇怪的想法很快就在孩子的社會裡傳開來。像溜狗一樣帶著海豹散步，結果就連學校老師在內的大人們，也狠狠地嘲笑了我一番。

3

當時我的村子裡來了一批「預科練」的年輕軍人，駐紮在村中僅有的一間旅館裡。把山谷周圍的松林裡伐木後所剩下的株根挖起，送回山谷間提煉「松根

油」。在這裡有兩個詞先得說明一下，那就是「預科練」和「松根油」。

「預科練」是海軍飛行預科練習生的簡稱。我最年長的哥哥在十七歲時曾經申請入隊，那是訓練未成年的年輕人成爲空軍的訓練制度。但是，到了戰爭末期，連訓練用的飛機也沒有了，年輕人只好分派到各地森林去工作，以製造可做爲飛機燃料的「松根油」。

松樹的根部富含大量的松脂。如果利用水蒸氣蒸餾，就是會得到類似松節油的東西。沿著河川——也就是河邊——在我的聚落上游有間加工廠，揮發性的煙味經常瀰漫整個山谷。

「預科練」的年輕人，是村中孩子的英雄。但是，有時聽說他們中年紀較大的人，會在工廠後頭命令年紀輕的人列隊排好，然後痛毆一頓，我對這些打人者或是被打者都抱著敬而遠之的想法。他們放假時和孩子們一起玩的遊樂場所——農家的媽媽們會帶著食物來慰問——旅館二樓，我也是越來越不敢靠近。

、但是，某一天，我去郵局的途中，被二樓「預科練」的年輕人叫住了，然後被下樓來的玩伴帶上樓去，要我在他們面前講海豹的事情。

在那之後經過了好長一段時間，那位當年確實是「預科練」的年輕人之一的老男人，以粗重的肉體勞動工作爲職業度過了一生，他大概是聽到了在他們辛苦的青春期所待過的森林山谷間，出了一位小說家的傳聞吧！於是，來我的演講會上窺看著，發現到現在爲止，我仍舊是和孩提時代一樣，一站在人們面前講話，就會忍不住說些在深山裡養海豹之類滑稽話題。這或許是那被兒時玩伴取笑、住在河岸邊的那個「我」所殘留下的痕跡吧！

4

我在那時，就連白天也會說著自己幻想中的海豹——多多少少，就好像我眞的相信自己已經和海豹住在一起了——我被玩伴嘲諷，還被認爲是個奇特怪異的傢伙，這是事實。然而一到夜晚，我也有陷入深刻的沉思，痛苦得無法成眠的時刻。

那惡夢是我將在不久後，被編入軍隊送上戰場，進行突擊——孩子們進行「模擬戰爭遊戲」的高潮，經常也玩突擊遊戲——我常幻想著，腳程慢的自己，要是從軍隊的同伴間脫隊了，那該怎麼辦才好？

當我和弟弟妹妹一起蓋著棉被，並排躺在狹窄的寢室裡，一張開眼就可以看見，有一個家中長年沒人上去過，樓梯卻又被拆掉的二樓入口，像黑暗洞穴般開著。當我一個人張開眼醒來時，就會一直想著這件事情。掛鐘每隔一個小時就會發出鳴響聲，在鐘聲和鐘聲之間，老實說，我感覺就像整個人生全部那般漫長。

我的幻想是這樣展開的——同一部隊的士兵們進行突擊後，我並沒有放棄，仍舊繼續追趕上去，帶著小手槍在草原上慢吞吞的跑著。如果被編入陸軍部隊應該是已經超過二十歲了，可是在想像中我還是個少年。很久以後，當我和當年以少年兵的身分動員到戰場上，擁有過被逮捕經驗的德國小說家鈞特・葛拉斯❷談話時，還曾經把自己孩提時代的幻想拿來與他相比，仔細瞧過個子嬌小的鈞特那張滿是皺紋鑿刻痕跡的臉……

鈞特・葛拉斯在德國第二次世界大戰戰敗時——日本和德國曾經結盟，和共同的敵人一起作戰——他寫過一個少年兵從攻入的法國土地逃回家鄉的歸途中，曾經脫離自己所屬的部隊，因此被當作逃兵處刑，吊在電線桿上的故事。他還主張這些可憐的少年們並不是逃兵，發起恢復他們名譽的運動。我響應了鈞特的號召，支持過這個運動。

接下來更可怕的幻想是當我一個人在草原上慢慢跑時，突然間，從一人高的草叢和灌木叢裡竄出敵人，而我必須要立刻開槍射擊這個年輕人。當然我也有可能因此被殺。總之，在我清醒的時候，幻想就到此結束了。然而，闔上雙眼後卻開始更可怕、更痛苦的夢魘。

在夢中，我以爲是敵人而射擊的對手，原來和我一樣，是我隊裡來不及參加突擊的脫隊傢伙。又或者，那人雖然是敵人，但卻是個我從未將之當人看待的美國年輕人，被我擊殺了之後，成了屍體在我腳下滾動。我應該做過更可怕的夢，不過，一旦滿眼淚痕的醒來之後，就再也想不起來了。可是，我知道，同樣可怕的惡夢仍會持續下去……

等到夏天戰爭結束的那一夜起，我就不再做參加突擊活動遲到的夢。而且到了秋天，就覺得在加拿大的凍原地帶和豢養的海豹一起生活的幻想，太孩子氣，也漸漸不再那麼熱中了。

---

❶中國地方是指日本本州西部的山口、廣島、岡山、島根、鳥取五個縣在內的區域。

❷鈞特・葛拉斯（Günter Grass, 1927-）：一九九九年諾貝爾文學獎得主，生於波羅的海沿岸但澤市（Danzing，現爲波蘭境內格但斯克），著有《我的世紀》、《蝸牛日記》、《比目魚》等書。其長篇小説《鐵皮鼓》（又名《錫鼓》）、《貓與鼠》和《狗年月》被稱爲「但澤三部曲」。

想要變成怎樣的人？

1

我常常從中學的高年級或是高中的低年級學生那裡，收到問卷。其中常出現的一個問題是：——請問您孩提時代，想要成爲怎樣的人？

閱讀這些問卷的時候，我的腦中就會浮現四、五個少年少女，在下課後的教室內，小腦袋瓜湊在一起，談論社團活動的模樣。在設計這些問題的同時，他們也互相討論，或者是在自己的胸臆間默默地深刻思考著。

例如，要是我的回答是自己想成爲現在這樣的人。或許有人就會想：啊，原來大人之中也有這樣自我滿足型的人，要是回答：我並沒有成爲孩提時代所憧憬的人物。那麼也許他們會認爲我眞是可憐啊……

少年少女在看到問卷的答案之前，不都會像這樣先想像一下嗎？對自己所發問的問題，先想想會得到怎樣的回答，要是沒有想過就說出來——或是在發問後別人回答前，自己沒想過，也一樣——都不是件好事。

而我在想著這些事情的時候，就停下了問卷上的回答，和往常一樣，先在腦海中思索著試寫出一篇文章來。

——我在小時候，每次一想到這個問題，大概都會想成另外一問題：自己想成爲怎樣的人。就像每個玩伴一樣，因爲是在戰爭中長大的一代，所以大家曾想像過：長大之後我要成爲戰鬥機的駕駛員。可是，再往下深思就會得到：「不，我根本不會成爲這樣的人！」這樣否定的答案。因爲自己既沒有成爲飛行員的首要條件：靈敏的運動神經；也沒有在狹窄駕駛座上立即歸納好問題，並計算如何和敵機纏鬥的敏捷頭腦。

然而面對這個問題，我不是去想像自己將成爲做什麼職業的人，而是想我要成爲具有怎樣的胸襟和態度。那時候的我，腦中浮現出一位具體的人物，心想如果長大之後——不，就從現在開始——希望成爲像他一樣有勇氣的人。

作文課上以「我所尊敬的人」爲題時，我曾寫下那件事情。導師當著全班同學的面唸了出來，結果所有的同學都笑我，連高年級的女學生也特地站在走廊上，對我指指點點。因此，作文一拿回來，我馬上就撕掉了，再也沒提起過。可是，我不但沒有忘記這個人的事情，就算是現在，也還能再想起那個曾經深深感動過我的場景。這個人的名字我已經記不清楚了——似乎是一位名叫「河野先生」的人——當時我是這麼叫他的，我不確定是不是在國民學校三年級以前的事，因爲和其他的記憶都混在一起了。

2

河野先生當時看起來已經是個老人了，他的職務在現在小學裡稱作工友或是校務人員，對我們來說就是打雜的。在英語裡有個片語是pepper and salt，他也頂著一頭「鹽比胡椒多」的花白頭髮，頭髮削得短短的，大鬍子叢生，非常引人注目。他個頭很小，穿著一件黑色立領衫，印象裡他總是在校園的角落，拿著一支掃把掃地。像我這樣的低年級學生，每個人都很怕他、討厭他，記得他是一位連老師的話也都不怎麼搭理的不可思議之人。在我習慣了校園之後，也就漸漸不太在意這位穿著看起來像是鐵路局制服的黑色立領衫老人。

不久，發生了「山犬事件」。原本「山犬」是指日本野狼，但這種日本產的小野狼在很久以前就絕種了。所以，村子裡所出現的動物並不是眞正的「山犬」，因爲戰爭期間食物縮減，有餘力養狗的人家也跟著減少，狗跑到村子外圍山坡上，

回歸野性生活，這些狗便叫做「山犬」。過去不論大人或是小孩，大家都很怕山犬。這些山犬中，有隻特別大的傢伙，某天在午休時間闖入學校的中庭，追著學生團團轉。雖然很幸運地沒有人被咬到，不過，女學生的哭泣尖叫聲在校園裡此起彼落。就在大家差不多都躲進教室避難後，從窗戶看出去，一隻龐大的山犬在空盪盪的中庭裡徘徊。說不定這隻狗有狂犬病，也有老師這麼說著。在學校中庭盡頭的飲水處旁有間小屋，裡頭躲著高等科——村子裡沒有中學也沒有女校，這是對小學畢業之後還繼續升學的學生的稱呼——的三位女學生，她們想要逃到校舍來，卻被山犬發現了。全體師生發出一聲尖叫。這時，河野先生拿著掃帚，像另一隻黑狗般，往出事地點跑去。河野先生狂叫著，像要撕咬般和山犬戰鬥著，終於把狗從校舍通道擊退回山林中。儘管如此，害怕山犬反擊的老師和學生還是一直躲在教室裡，河野先生一直低著頭，站在蹲泣著的女學生不遠處。我在心裡發誓，將來一定要變成像他一樣的人。我仍學習著樹木的知識，計畫在森林工會裡工作，而這其中也包含了要在森林裡保護女學生遠離山犬的夢想。

3

現在，我的頭髮也到了鹽多於胡椒的時候了——自己還比那時候的河野先生多長了十歲吧！每個人在小時候或是人生各個階段裡，都會將幾個偶像視爲成長目標，銘刻在心中。檢討自己每日的生活，就會瞭解到不論是誰，想要完全變成某一個人，是不可能完全成功的。不過，如果繼續努力朝著「像那個人一樣」的方向前進，多多少少可以接近他那般的境界。

所以，我在孩提時代，就對人的做事方式、態度印象深刻。下定決心希望像他一樣，也是件好事。

那吸引我的東西，稱之爲人格或者是人品都可以。小孩子會以小孩子的方式，找出這種蘊藏在人內部的東西。而我感覺到自己在小時候看人的方法是正確的。我也有過犯錯的時候，那是被大人的話所影響，認爲那個人不好，現在想想眞是羞愧得想收回來。當大人說這個人眞偉大的時候，卻沒有被左右，當我自己心裡會這麼想的時候，常常就會找到正確的方向了。

4

底下舉一個例子，是一位擁有自己眼光、看法的少年，經過深刻的思考，欣賞某個人所寫下的文章。

一九二三年——大正十二年——發生了關東大地震。這是一篇在東京體驗過震災的小學四年級學生所寫的文章。「這一次的地震火災在深川、本所一帶最爲嚴重。在地震當天，深川的猿江小學的校長認爲學校鋼筋水泥建築一定很安全，所以將附近的居民和他們的家當全都遷入，就連體育館（雨天操場）也塞滿了一堆人和東西。然而，在地震發生後，火災又緊接著以驚人的，氣勢逐漸逼近校園。校長覺得不妙了，得趕緊讓民衆逃走，於是跟其他老師一起疏散避難。他把

『御眞影』❶交給副校長後，就讓他先和其他老師一起避難去，」原文先引用到這裡，我想先說點寫文章時要最好要注意的事情。在閱讀圖書館或是爸爸書架上的書時，常會看到一種「注」，文字比內文小，印在內文外側的空白邊緣或文章後的文句。我想說的話就像是這篇文章的「注」。

首先，這內文我原封不動地照抄下來——也許這是印刷上的錯誤也說不定——在「驚人的」後的逗號，去掉比較好。「御眞影」是指在戰敗前，每一間學校裡都有的天皇、皇后照片。我小時後曾經聽過一個很可怕，甚至可以說是不合理的謠言，據說有校長因爲御眞影在學校火災中被焚毀，爲負起責任自殺。在文章的最後這一部分，最好改寫成「讓他和其他老師一起避難去。可是，」前一句以句點結束比較好，因爲接下來的文節相當長。我想寫這篇文章的少年，對於當時聽到的傳聞應該是非常感動，也就以當時的心境，一氣呵成寫下來吧！在剛剛的逗點之後的文章如下：

「他想著自己或許已經沒有時間逃難了，因而心中有了覺悟吧。」

文章到此爲止停下也行，不過，要是我的話，就會把這一節寫得更長一點。相反地，在「覺悟吧」打上逗點之後，還接著以下這些句子。

「後來，據說人們在運動場上找到了端坐著、手裡拿著鑰匙、雙手抱在胸前死去的校長。他沒有落荒而逃，一直等到人員都逃出去了，才發現已經沒有時間逃走，因而慘死，眞是一段美談。」

ZANSHI死，即是慘死，本來應該是念成SANSHI的，但是現在好像很多人都念成ZANSHI。不過在說「慘事」的時候，正確的念法一般來說還是SANJI，請大家要記得這一點。——也就是淒慘地死去的意思。

這位少年根據聽來的傳聞，詳細地描寫這位校長以怎樣的姿態、手上拿了什麼，手腕怎麼擺，來表現校長的犧牲。他聽著故事，就好像用自己的眼睛看見了似地烙印在胸中。而且還把校長的舉動，對在地震和火災發生當天人們慌忙的狀態下，具有如何重要的意義，以一句「這眞是一段美談」的句子，來表達出他自己的意見。

這位少年後來還寫了一篇更長的紀錄，集結成《安政大地震七十年後》這本書。本書完成於二〇〇〇年，關東大地震是發生在七十七年之前。這位少年長大後，成為政治思想史的學者。我在美國的大學裡有好幾次和跟隨過這位丸山眞男❷學者的研究者一起工作。從他們對這位大學者的回憶中，我看到這位少年的身影，並且感覺到他們的眞誠景仰。

---

❶日本天皇和皇后的照片。

❷丸山眞男（Maruyama Masao, 1914-1996）：出生於大阪。東京帝大法學部政治學科畢業後，成為東大法學部助教。是著名的日本政治學者，同時也是戰後日本進步知識人的精神領袖。

抄寫

1

小時候對我而言，父親是一位很難親近的人，可是一想到有些問題只能問父親，也只好鼓起勇氣跑去問他。後來想想，都是一些非常簡單的問題，其實誰都可以問，感覺非常好笑。

——爲什麼樹會直直地往上生長呢？

我知道植物攝取了太陽光的能量，然後製造有機物質，釋出氧氣。所以，我提出這種問題是想得到其他的答案吧！

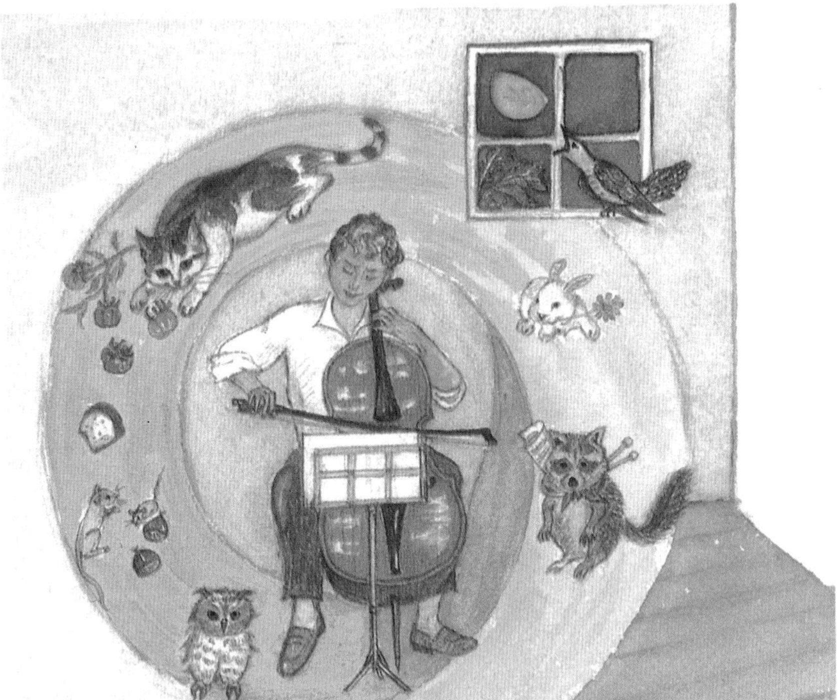

父親當時雖然沉默以對，但是，在他去世之後，有一次聽媽媽說，他似乎很高興，老叨念著：眞是個奇怪的小子。

現在想想，爲何那對我來說是個很重要的問題呢？我已經無法正確記起。但在那之後，我會注意一些垂柳之類樹枝向下伸展的樹木。很早以前，我就曉得柳樹的英文叫weeping willow，法文裡稱爲saule pleureur，不管在哪種語言裡意思都是「哭泣、流淚」的樹。我讀過某篇以土星其中一個衛星爲背景的科幻小說，書裡頭寫說，樹爲了收集微弱的太陽光，往上長了好幾公里，也許是讀到這一幕，在想像畫面時，才跑去問了父親這個問題。

戰爭結束時，或者說戰後不久，從遭到空襲的大都市逃出來的人，移居到村子裡——稱之爲疏散——並且留了下來。其中很特別的是，有人帶著一大堆岩波文庫本疏散到此地。他透過母親跟我說，怕弄丟了書造成困擾，所以書不出借，不過可以讓我在他身邊閱讀。

我會想向他借書，一來是因爲腦中有許許多多的疑問等待解決，二來我也很想知道，教科書上或是老師的話中所引用的字句，是出自哪一本自己不知道的經典，而原文又怎麼寫？當時在我的村子裡，並沒有圖書館。

因此，當我進入這位疏散到此地的人所借住的農家獨屋時，面對著書架上龐然羅列的岩波文庫本，當下一片茫然。心裡頭想著大概要花一輩子的時間，才讀得完所有的書吧！書本的主人對著恍惚出神的我罵道：——想要查什麼，準備好再過來！

於是，我發明了一套方法，遇到自己想要查的文章，就把刊在教科書上的部分原封不動地背下來。然後，再推想一下文章會在原書中哪個位置。下一個動作則是找出岩波文庫中我所需要的原文，然後抄寫在紙上。

2

經過這些步驟背誦下來的古典文章要忘很難。現在當我拿到新版文庫本，再次閱讀著重新用易讀方式編輯的古典作品時，一遇到五十多年前我自己抄寫過的小節，就打心底湧上無限的懷念。記得新婚之初，妻子曾經談起小時候教科書上學到的杉田玄白❶的《蘭學事始》。這是一本記載著十八世紀後半，一群想學醫的年輕人一起翻譯荷蘭語醫學書籍的甘苦談。說著說著我馬上把還記得的原文背出來，妻子當時是一臉不可思議的表情。

由於大家覺得原文很難閱讀，所以翻譯成現在的說法，而如果碰到無法翻譯的地方就寫著：「總有一天會瞭解吧！先用符號代替記下來」，這符號是轡十字。圓圈當中畫一個十字，我也馬上就拿來現學現用了。小時候，我將這本寫在將近一百五十年前的書，朗讀出來，感覺上語氣很舒服，我覺得十分有趣。這也是第一次讓我體會到「文字風格」的書。

妻子曾說，從老師那裡知道這本書的時候，她覺得很有趣。因爲當時學習的人看不懂原文裡「鼻子furuhehhend」的意思，並且查得很辛苦，查了一下這個單字，書上寫著是把樹枝切好後堆成一堆，或是打掃庭院把灰塵和土堆起來。原文是「堆積」的意思，我們又很高興地繼續說下去。

妻子小時候因爲認識一個荷蘭字 furuhehhend 而高興老半天。而最近在收音機裡聽到荷蘭學者說年輕人所翻譯的《解體新書》原書中，卻沒有 furuhehhend 這樣的字出現。這是怎麼一回事呢？非常可惜，我無法回答這個問題。而在今年初講談社學術文庫出版的《蘭學事始》一書中，我發現，片桐一男先生在原書所附的鼻子解剖圖相關說明文裡有許多發音相似的字。片桐先生和我及妻子都是同樣年紀的人，或許在他小時候也對 furuhehhend 產生興趣，因而持續到現在吧！

3

另一本非常懷念的書就是一九九九年末岩波文庫的《折柴記》。正文同一頁裡，有松村明先生簡單易讀的注釋。等大家都成了高中生，如果對新井白石❷有興趣的話，推薦你們去看看這本書。我在小時候有機會讀到的部分，只有上中下三卷中的上卷而已，就先從這個有趣的起頭開始閱讀吧！

《折柴記》的名字，因爲收錄在教科書上的關係，所有的朋友都知道。我身邊曾經發生過一件事情，讓我對這本書特別在意。在新制中學二年級時，我開始想將來不管怎樣我都要成爲一名學者。由於我平日並非謹言愼行，同時也是藏不住祕密的性格所致，我把這個念頭告訴了朋友和老師。有位並非導師的老師，也許是間接聽聞這件事情，還特地把我叫過去，對我說：——身無三金，學匠難成！

當時，我並不瞭解這句話的意思，但是，卻對我造成了傷害。我跑去拜託導師告訴我這是哪一本書裡的話。然後，在村子裡戰後才興建起來的公民館圖書室裡，花了很長的時間從《折柴記》裡找這句話的出處。原來三金是指「利金」、「氣金」和「黃金」。意思是聰明伶俐的才智、忍耐的力氣以及金錢，要是沒有這豐富的三金，就很難成爲學者。就我來說，那時候我對前面二者還不是很淸楚，但是，家裡家徒四壁的窮樣，卻是個不可否認的事實。藉著這個機會，我把上卷的《折柴記》讀完了。白石三歲能寫字時，卻無老師可以跟隨的感嘆，以及六歲時能背中國詩，可以理解的時候，卻苦無可讀書的場所，對於這些充滿遺憾的段落，我打心底同情。

但是「三金」這句話，是後來成爲偉大的政治家及學者的白石，敘述自己「砥礪自己忍世所難忍之事，世人做一次我做十次，十回可成之事以百回完成」的，以這樣能耐達致成功後寫的。

我把這段原文抄寫紙上，小時候我很擔心自己沒有像他那樣努力的耐性。所以還曾經一個人走入森林裡，拿著短木棒，雖然沒有對著大樹，但對著灌木叢和雜草亂打一氣，大聲嚷著我爲什麼要生在這種鬼地方，既拿不到想看的書，學校裡也沒有好的老師，藉以發洩心中的不平之氣。

到了十五歲的某一天，我突然決定了要從事與文學相關的行業，之所以會有這樣的念頭，其實是因爲我發現和其他科目的努力比較起來，讀書抄寫文章這等事情，對我來說並不是件苦差事。

4

而我從小對於自己喜歡的書——包括古典文學，都會抄一小節起來的習慣，到底是怎麼養成的呢？首先，是因爲當時要買書非常困難。雖然隔壁村子裡有書店，但是店裡的新書其實不多。再者，我身無分文。不過最重要的還是因爲我是一個喜歡把文字抄寫在紙上的少年。同時我也懷著一種精神，就是在紙上不斷的寫，藉以把它正確無誤地記住。記錯比不記得更可惡——這是父親對我的教誨。並且，我對於能把書上的文章牢牢記住，並幽默地引用在日常會話中的人十分佩服。

就這樣，我一想起小時候讀過的書，腦中就會浮起自己伸直腰讀著難書，或把讀過的書裡喜歡的文章好好背起來的日子。每當想起這段回憶，不論和進入大學後認識的朋友相比、或是成爲小說家後，和在外國一起讀書工作的文學家相比起來，都會覺得自己身爲一個讀書的孩子，是多麼的貧窮和不幸。我常想，爲什麼世間從事文學者，能夠有像納布可夫❸這位俄國流亡作家的條件呢？他不僅擁有豐富幸福的少年時光，而且更不可思議的，仍然選擇文學作爲一生的職志。我現在所得到的答案是因爲他和這時代的脈動重疊著，如果大家到了差不多該進大學的年齡，還記得納布可夫這個名字的話，請讀一讀他的自傳吧！

說到我的妻子，她是個既沒錢，生活也不是毫無陰影的少女——在戰爭和戰後，或許有誰例外吧——她在幼年時期因爲自家中毒症狀❹，長年臥病在床，因而得以幸福地讀書度日。她的母親反覆在她耳邊朗讀宮澤賢治❺的童話，在那絕妙的韻律和想像力之下，她一節一節地把賢治的文章背了起來，她以想像力，把這些影象用圖畫的方式展現出來。

過了五十年，對小孩子講起拉大提琴的葛修遇到老鼠母子的故事時，她都會想起少女時代邊想邊在紙上畫圖的光景。畫在紙上再塗上色彩，應該是很簡單的吧！

我的讀書方法雖然不是什麼快樂、享受的方式，不過，那少年時期抄寫在紙上、背誦起來的文章或一小節詩，至今還常在我的生活中自然浮現。這麼說來，我也許並不是什麼不幸的少年吧！

❶杉田玄白：（173?-1817）江戶時期的蘭學醫師、蘭學者。（葡萄牙＝蘭）名翼，字子鳳，號九幸，時人稱之爲玄白。開熟學天眞樓，翻譯德國解剖學者Johann Adam Kulmus所寫的*Ontleedkundige Tafelen*（當時的書籍是葡萄牙譯本）。玄白和同好一起努力，花費四年時間將此書譯成日文《解體新書》五卷，成爲江戶蘭學醫書翻譯的嚆矢，對日本的蘭學發展有極大的貢獻。晚年時將當年譯書的回憶寫成《蘭學事始》一書。

❷新井白石：（1657-1725）江戶中期學者、詩人及政治家。名君美，通稱堪解田，白石爲其號。《折柴記》爲其自傳，也具備當時史實紀錄的史書性質。

❸納布可夫（Vadimir Nabokov，1899-1977），美國小說家。出身於俄國，原爲名門貴族，在俄國革命時期舉家逃往西歐避難。後畢業於劍橋大學，一九四〇年爲躲避歐洲戰火，移往美國定居。代表作品有《羅麗塔》、《絕望》等頗具爭議

性的小說。

❹自家中毒：身體內所產生的有毒物質中毒症狀。

❺宮澤賢治（1896-1933），日本東北地區岩手縣花卷町（現爲花卷市）人。是日本家喻戶曉、婦孺皆知的詩人與兒童文學巨匠。全國各地的小學、國中的國語課本都可見他的作品，著名的代表作有詩集《春與阿修羅》、童話故事《銀河鐵道之夜》等。

小孩子的戰鬥方式

1

前頭寫過父親是我孩提時代很難親近的人。自己非常在意這句話，在前往德國和比利時的旅途中，我慢慢地回想著有關父親的事情。在思緒流轉之間，我和父親一起度過的快樂時光以及他教導我重要事情時的點點滴滴，都在記憶漸次浮現。

其中有一件事是這樣的，有一天我突然說在這森林中長大，將無法成爲一個衆人皆知的名人。話一說完自己就知道根本就是小孩子發「牢騷」。父親只盯著我瞧，而母親則一副要教訓我似的臉。

我出生的村子有一條河流經過，在它與另一條河會合的下游是個叫大洲的城鎮。鎮上有一座加藤藩的城樓，聽說曾祖父曾任職於此。母親告訴我，加藤家中出過一位名爲中江藤樹❶的學者——他是一位儒學家，曾將中國古典文學的學問用日式方法來研究，雖是貧窮的農家出身，卻成爲日本家喻戶曉的大學者。

藤樹先生——聽母親說——除了要做學問之外，爲了奉養老母親，所以聽說還賣酒爲生。

在這個季節裡，每天爲了運往內閣印刷局裡當紙幣原料的三椏❷進行手工加工的父親，聽母親這麼一說，像是自言自語般接著：

——這和爲了讓母親喝酒，而跑去買酒比起來，是好，還是不好呢？……

母親感覺上像被父親激到了，這天的談話特別執著在藤樹先生的學問上頭。隔天，父親有件必須上大洲才能辦的要緊事，很幸運地，他要帶著我一起去，我對父親說，想去看看城址上遺留下來的藤樹先生石碑。

這天稍晚，我將父親的那輛腳踏車連同我向熟人借來的另一輛，用布擦好上油準備妥當。隔天一大早，我們就出發。我想母親心裡可能是要讓我這個不太合群的人，體會一下長時間騎車的快樂吧！

很久之後，我還會夢見在父親辦事時發生的事情。我當時坐在銀行小小的建築物前等著，突然發現道路的另一端有隻拉著貨車的驢子。我不知在哪——可能是在歐洲民間故事集裡——讀到一篇驢子被飼主欺負的故事。我想起當時的同情心，於是伸出手想去撫摸這隻大概跟我一般高的驢子臉上的韁繩，突然間驢子張大了嘴，做出要咬我手的動作。我覺得自己好像經歷了所謂「眞實人生」的體驗。此後，在夢中出現的那隻驢子就是一副張嘴咬人的樣子，還有那一口準備咬人時——或許只是要嚇嚇我而已吧——露出的一列白中帶黃的健壯粗牙。

2

父親處理完事情出來後，說了一句非常讓我意外的話。媽媽做的便當，我們晚點再吃好不好？現在你就算去看了石碑，上頭也都是些看不懂的字。不遠處有家烏龍麵老店，現在也好像還開著，我們到那邊去聊聊吧。

父親之所以會說「現在也好像還開著」，是因爲戰爭才剛剛結束不久，販賣食物的店面非常有限。

於是，父親帶著我走到看得見深河的橋旁屋前，店家門口還種著大柳樹，跟烏龍麵店一點也不相襯，看起來倒像是座靜謐的大戶人家。店裡還有其他的客人，我們被帶到狹長內屋裡側的小房間裡。父親喝著看來像是特別招待的啤酒，我則喝著汽水，然後兩人都吃了烏龍麵。

這時，也是非常意外地，平常對母親目光嚴厲的父親，卻開始比母親還要詳細地對我描述中江藤樹的故事。

不過，談話內容和學問完全無關，反倒有種古裝俠客電影的錯覺，我非常懷疑其中的眞實性。可是，很久以後，當我讀小林秀雄❸所著的《本居宣長》❹時，發現書中「藤樹先生年譜」處所引用的字句，竟然和父親所說的中江藤樹故事如出一轍。

由於並不是親眼所見，所以父親很可能也看過小林先生所引用的資料，或是讀過據此所撰寫的正式傳記吧！並不是因爲我的父親受過教育，所以才會知道，我想他大概就跟母親一樣，對居住土地上出現過的偉大人物，抱持著一種特有的關心……

我把記憶所及，父親敘述的事情照實地寫下來。藤樹的祖父從別的領地和大將軍一起遷移到大洲來的時候，也把當時還是少年的他一起帶來了。他的祖父擔任奉行❺，是負責看管土地的人，在荒年時還要注意防止飢民逃出這裡。這位祖父大人爲了阻止農民逃脫，著實費了不少心力。

在此地有位名叫栖朴的搗亂者，他帶著農民起兵做亂。中江藤樹的祖父在捉拿栖朴的過程中，遭到對方頑強的抵抗。他只好用槍刺殺了栖朴，而栖朴的妻子同時也出力反抗，她抓住了祖父大人的腳要拉走他。當然，最後也難逃被矛槍斬殺的命運。

栖朴的小孩因此懷恨在心，一心想要襲擊祖父大人的宅邸。於是，十三歲的藤樹就開始腰間佩刀，夜間一直在屋子附近來回巡查，幫忙看守。

——那麼，藤樹先生的學問是什麼時候學的呢？他小時候竟然是這樣的人。如果回家之後媽媽問起石碑的事情，我就會這樣問！

回村子的途中，沿著村子彎延大洲的寬廣河岸旁，我們把母親做的便當拿出來享用。爸爸又和平日一樣，一個人沉默著，不過他也注意到我正在沉思。於是，他開口問我對於剛才說的故事，有什麼地方印象比較深刻？

父親告誡過我，每次在發問的時候，首先要先想好自己到底要問什麼——發

問的這段期間，最好自己也試著回答——他說一定得這麼做才行。所以，這一天也一樣，我騎著腳踏車跟在父親後面，一邊思考整理著自己感到不可思議的事情。

1. 大洲這麼大的城鎮裡頭，有農民居住嗎？

父親說事情發生的地點雖是大洲的加藤藩所支配的地方，卻是在遠離藩主整片領地的土地上，這種地方稱作飛地。現在該處的地名叫作風早，是像松山那麼遠的地方。在這樣遠離原有領地的地方擔任奉行，責任非常重大，必須扛起阻止農民逃脫的重責大任。

我的疑問是這些農民們逃離了自己田地所在的土地，要到哪裡去呢？但是，我覺得這個問題對父親而言也太難了，所以沒問。這也是父親的教誨，他對我說過，向人發問時，不可以問些讓人困擾的問題。雖然是發生在自己身上，現在回想起來還是會覺得小孩子眞是非常在意大人所講的話。

2. 栖朴舉著刀子衝過來，奉行拿著長矛槍刺他時，難道不會害怕嗎？

當時，日本還劃分爲衆多藩國，身爲奉行的官員和栖朴這樣的農人之間——更何況栖朴還被當作是流氓——有很大的身分差別。上層的人拿著矛槍向著下層的人刺去，根本不會感到膽怯。奉行在當時甚至是可以帶著家臣，自己騎馬的大官。

一聽到這裡，也就很清楚知道爲何栖朴的太太要拖住奉行的腳把他拉倒了。3.十三歲就佩刀，夜間在家附近巡守，這眞是十分有勇氣的事。我也很誠實地說，我認爲自己一定做不到。

父親靜默地看著流向河濱對岸的河水。我之所以會記得父親的樣子是因爲不久之後，有位以「戰爭時期產業視察」爲由，而來到村子裡的縣知事，大聲命令父親把我家裡那台三椏固定成箱子形狀配送的裝置——這是父親畫好設計圖，送去大阪製造的機器——搬給他看，可是，這根本就不是一個人辦得到的事情。那天，父親坐在內屋裡，望著夕陽下的河面出神的樣子，我記得很清楚。而在這不久之後，父親就過世了。

我說完最後一句話，父親思考了一會兒，從他嘴裡所講出的話，其實並不能直接回答我的問題。對於問題要直接回答，不要說多餘的話，更不要岔開話題，這也是父親教導我的事，所以我覺得很奇怪。

栖朴的孩子屢次用「火箭」（譯注：在箭上頭點火）射入奉行的家中，企圖引發火災。這不是他一個人辦到的事，所以栖朴的孩子應該還有些同夥，和他一起躲在深山當中吧！雖然說是孩子，說不定已經是個大人了。父親這麼對我說。

這可是兩個勢力間的小戰爭呢！父親說這個叫藤樹的人，確實是一位勇敢的少年。而你這小子——父親都叫我小子，這也是我被其他孩子所恥笑的理由——會沒有勇氣，也是很正常的事情。小孩子就該有小孩的戰鬥方式。當栖朴和他的同夥攻打過來的時候，小子你還是像個小孩子一樣躲在小洞中，一旁觀戰就好了。牢記你所看到的事情，一丁點也別漏掉，這就是小孩子的戰鬥方式……

前面提過的這篇描述中江藤樹少年時代的文章裡，生於東京的小林先生說：「就是這一片荒蕪之地，孕育出了藤樹的學問。」雖然時代不同，不過，我也是生在這片土地上，在這個不太適合作學問的家裡被撫養長大，然而，我想不論是父親或是母親，他們都以各自的方式盡可能讓這裡不再是一片「荒地」。

---

❶三椏：中國產沉丁花科落葉灌木。樹皮纖維可製成紙張，因樹枝常分爲三叉，故有此名。

❷中江藤樹（Nakae-Touzyu，1608-1648）江户初期的儒學家，名原，字惟命，通稱右衛門，曾任伊予國大洲藩勤務。據説常以德來教化村民，又有近江聖人之稱。

❸小林秀雄（Kobayasi-Hideo，1902-1983）生於東京，是日本著名評論家。論述範圍廣及藝術、思想、社會、歷史等文明軌跡。確立日本近代批評理論的原理。著有《所謂無常》、《本居宣長》等書。

❹本居宣長（Motonari-Norinaga，1730-1801）江戶中期的日本國學者。伊勢松阪人，號芝蘭、舜（春）庵、中衛。平日除以開業行醫之外，亦好考證古典語句的出處、典故，爲日本國學大家之一。著有《古事記傳》、《漢字三因考》、《玉勝間》等書。

❺奉行：武家政治的時代的官職名稱。爲執行公務任務者，從鎌倉幕府開始設置各種奉行官職，到了豐臣秀吉時代，設置五奉行，江戶幕府時奉行職務更多達十數種之多。

＊江戶時期指一六〇三到一八六七年，德川家康至德川慶喜時期。

新加坡的橡皮球

1

我想再寫一段關於父親的回憶，這也是個對父親感覺強烈不滿的故事。雖然這麼說，可是記憶中父親令我不滿的言行，卻也是饒富意味地令人回味再三。

這是在我上小學——當時的稱呼是國民學校——二年級初夏發生的事情。爲什麼我連季節都記得清清楚楚，因爲那回憶跟我在學校裡拿到了一張橡皮球的購買券，放在襯衫的口袋裡，與沖沖跑回家的景象重疊在一塊兒了。

那時戰爭才剛開始半年而已，或許是因爲我家位在偏遠的小村落，並不是很容易可以在店裡買到做孩子衣服的布料。我穿去學校的上衣是哥哥的舊衣服，看起來幾乎都變形了，破破爛爛地，媽媽裁好厚紙，塞入口袋裡，再用線幫我縫上。所以，從秋天到冬天爲止，我的口袋都沒有辦法塞進任何東西，就算抓到很罕見的昆蟲，也沒有地方可以放入手工製的三角紙❶，我記得還曾經爲此十分難過。

而橡皮球的購買券是我在班上猜拳贏來的東西。這一年二月（譯注：一九四二年二月十五日）日軍在新加坡打敗英軍，占領了該地。不久之前，還攻占馬尼拉，當時是和美軍開打。爲什麼要和這些國家打仗呢？因爲這些地方都是歐洲、美國的殖民地。可是，我想最重要的還是請大家打開世界地圖的亞洲之頁，用自己的眼睛確認一下哪些國家被日本軍隊攻占了。

總之，就因爲這占領行動，所以南洋群島的橡膠原料大量輸入了國內，可以釋出一些——但數量上還不到每位學生一人一球的程度，所以只好猜拳決定——購買券。對我來說，和新上衣比起來，我寧願要一個橡皮球。因爲，我們有一套自己發明的三壘棒球規則，就是用這種像軟式網球的球來玩的。眞正的棒

球傳入村子裡，大家用軟式棒球來玩，連村子裡的大人都樂此不疲，那恐怕是戰爭結束之後的事了。

在那次之前，幾乎沒抽中過任何配給籤的我，結果竟然拿到了橡皮球的購買券，我頓時精神抖擻意氣洋洋起來。我走到位在內屋的工作室，對著正在整理造紙原料束、清點最後數目的父親報告此事。想要買橡皮球，當然也要先拿到錢才行。

父親聽我說完話，沉默了一會兒，可是他一開口就說，最好把購買券讓給猜輸我的同班同學。然後，再次低著頭繼續專心地確認乾燥發白的三椏眞皮束。

母親追上失望奔出的我，要我再去問問父親爲什麼不可以買橡皮球。我首度鼓起勇氣，回到父親的工作場所，對著沉默進行點收作業的父親說明了爲何有橡皮球可以供應給村裡孩子的緣由。但，那也不過是重複了教室中老師所說的一段激動非常的話而已……

——日本的軍隊非常勇敢強大，打敗了固守新加坡的英國軍隊。而且，日本軍隊非常優秀，把橡皮球收集起來送回國內……

父親放下手邊的工作，盯著我瞧。然後說了下面一段話。如果有某個國家擁有勇敢又強大的軍隊，攻入了這座森林（此時，父親望著屋外面對河川的屋簷底下，母親所垂掛的一排乾柿子），這某國的軍隊也把我們的乾柿子收集起來，運回去給他們國內小孩子吃的話……你會有什麼感覺呢？

對於父親所說的話，我有很多不滿。可是，我似乎也無法把心中所想的事情整理好說出來，所以也就沉默著。之後父親又再次盯著我看，接著抿著嘴不發一言回到工作上去。這就是談話結束的意思。我只有到學校交回購買券了。我氣得要命，更覺得自己非常可憐。在家門前的廳堂裡，已經備好錢等著的母親——我記得大概是二十元到二十五元左右——看到我的臉色，就知道我和父親交涉的情況，然後她說：

「你爸爸也因爲攻陷新加坡，拿到酒的配給呢！」

可是，我對母親的說法，也是一陣反感。

2

回想起孩提時代聽到父親說的話，我產生的種種不滿——這在我小時候曾經發生過好幾次——主要是因為當時還是國小學生的我，把這個叫大日本帝國的祖國當成世界中心來思考——這種態度可以叫做國家主義，或是超國家主義——現在的我已經很清楚當時的想法了。

我在校期間，十分信任老師所教導的強調日本這個國家的思考方式——老師在黑板上畫著天皇、天后兩人住在光輝閃耀浮於天上的雲中，統治著底下的日本列島的「世界之繪」。可是，一回到家中，我又變成一個重視祖母或媽媽說的自家村俚傳說、喜歡幻想聽來的「世界之繪」的小孩。我想這也是非常自然的事情。

現在，回頭看看自己和父親在感情上衝突的具體記憶，再想想當年的自己，就明白自己受到老師言談的影響多麼深厚。因此，深深感到國民學校或是小學的教育，其影響力有多麼強大。

首先，我是對於父親所說的「和日本軍隊一樣勇敢而強大的某國軍隊」（除了日本這個國家以外）這句話非常不滿。而且，這某個國家的軍隊還要攻入森林中的村子裡來，打敗日本軍隊，我更是不能同意。認爲這是絕對不可能發生、也無法想像的事情。我認爲父親說了非常可恥的話，不禁怒從中來。回到學校把橡皮球購買券交回給老師時，也很清楚自己並不能把父親的意見照實地說出來。

另一方面，就在父親說起某個國家攻入森林這句話的時候，我馬上就想起了「長宗我部」❷這個名字。「長宗我部」是在小時候，每當晚上我無法安分躺在榻榻米上睡覺，和妹妹、弟弟大吵大鬧玩遊戲的時候，祖母會叫著：

——「長宗我部」來囉！這麼一說，效果非常顯著，我們就會馬上就會安靜下來了。這是一句用來嚇小孩的話。

長宗我部是元親支配土佐（高知縣），以此處爲立足點，繼而統一四國，祖母說過很多戰國時代民間傳說裡該軍隊的恐怖故事。不僅如此，父親還帶過我去看過從高知越過四國山脈進入愛媛的長宗我部軍隊行進途中的分岔道路。

我想就算「長宗我部」的軍隊可以攻打到這裡，但是，這個不知是哪一國的軍隊——感覺上像是美國或是英國的軍隊——根本不可能打到這裡來，不曉得爲什麼就是這麼相信著。

戰敗之後，美國駐軍馬上就駕著吉普車到我們村子來。鄰鎭據說還丟巧克力、口香糖送給孩子們。這是我後來聽說的，不過他們到了這裡，就沒有糖果了吧！我們村子裡的年輕軍人，從來只是跟我們揮揮手而已……吉普車沿著河川旁的道路上來時，我從森林高處往下看，確實想起了當時已經去世的父親所說的這句話。

另一件對於父親的不滿是他把日本軍隊搜括新加坡在內的南洋地區橡膠資源，和奪取村裡孩子食物這兩件事情相提並論，我認爲並不正確——後者顯得更卑鄙些——在比較上我是這麼認爲。

可是，其他國家的軍隊闖入之後，除了奪取橡膠資源之外，不也會搶走糧食嗎？在我心底深處其實在推測著這種可能。就因爲有這種可能，所以我也很氣父親把這種「理論」告訴我，卻不讓我提出反對的聲音。記得戰敗的翌年，當我知道占領軍把糧食發放出來的事情後，才開始對美國這個國家有了好感。

3

在報紙上經常看到「保守」、「進步」這兩個語詞吧！當然，我們還是需要先查一下這兩個詞彙的原意，不過看看實際運用上的狀態，就可以有以下的推論。

當某個國家或是社會切合現狀地繼續存在或是運作，然後以適合的方式生存下去，就連將來也是被設定爲現狀自然延伸出未來的藍圖，不想改變現在存在方式。遵循現在在國家、社會上有勢者所思考的方向，來決定自己的態度。看重上層所教導的事情，不加思索地去執行，也希望可以依樣畫葫蘆繼續傳承下去。

以這樣方式生存的人們，我想可以稱之爲「保守」。當然，「保守」的想法、

yukari

生存方式，實際展現方法也有很多種。在被認爲是「保守」的人們當中，有我非常喜歡的人，也有許多我認爲讓人傷腦筋的傢伙。

而我特別想說的是：小孩子一開始都是「保守」的。孩子是個剛誕生在世上的新生命，對新事物非常敏感，說什麼小孩子「保守」或許會讓人很奇怪。可是，小嬰兒對於可以接納融入自己的環境，感到非常心滿意足，而他們也非常需要大人給予關照。這不也就是保守的表現嗎？

所以，要等到他們想重新檢視自己所處的狀態，從大人的保護中一點一滴地脫離，開始自立的時候，小孩子才不再像嬰兒，而漸漸「進步」了。

先將自己原先對於生長的國家或社會的想法擱在一旁，接受另一種——或者是自己再創造的——想法，從自己身邊開始，一點一點地改變。小孩子也就這樣逐漸長大成人。

在那時候我對於父親所說的話，帶著討厭的感覺，就像是聽到什麼恐怖的事情。說實話，我好像是被父親的話攻擊了。我也知道自己所持的「理論」還不足以完全反對父親。等到最初情感上的反彈漸漸淡薄之後，似乎也多少可以接受父親的看法。只不過，等到我可以用自己的話說出來，卻已經是戰爭結束，父親去世之時了。

❶將長方形的紙，正中以正方形對折成三角形，折下兩邊多出的部分封起，即成小袋用來裝抓來的昆蟲。

❷長宗我部（元親）：長宗我部氏族據說其祖秦河勝為秦始皇後裔。原本居於信濃更科一帶，平安朝末期到鎌倉初期遷到土佐郡宗我部鄉。為了與香美郡的宗我部有所區別，因而改姓為長宗我部。元親（1539-1599）是日本戰國時代土佐地方長宗我部氏的宗主，平定土佐豪族，進而統一四國地區，但最後為羽柴秀吉所敗投降為臣。之後也曾進攻九州，參加出兵朝鮮之役。元親除了是出名的武將也是成功的民政家，曾定下「元親百箇條」的律法規章。

某間中學的課

1

要對大家演講時，我都會先做好準備。首先，其中之一，就是先請讀過我所寫的〈爲什麼孩子要上學〉這篇文章的人寫下感想。這裡所選的文章，是我今年第一次在柏林自由大學工作時，和日本小朋友們——也有雙親之一是德國人的孩子——的談話內容。後來因爲要刊登在德國報紙上，所以我再一次以日文重寫過，改成易於翻譯的寫法。

現在，我這麼不厭其煩地說明就是想告訴大家，在國外要讓外國人瞭解自己的想法，實在是非常困難，不過，卻是一件很有趣的事情。如果我會說德語的話，就可以直接以德語向柏林的德國人說明自己所想的事情。可是，我沒學過德語，在柏林自由大學上課的講義，也都是用英文寫成。

像這樣把自己的想法用外國話說出來，或再次改寫，是一次新的體驗。比起用日語思考、描述，我可以用更客觀的角度觀察自己的想法。另外，如果自己用外國話卻怎麼也說不好的事情，用日語卻可以表達，即表示自己正說著只有日本人才聽得懂的事。我誠心奉勸正在讀書的各位，好好選修一門外國語，並學到運用自如的程度。

2

這篇文章已經影印並且傳到各位手上，大家也都寫下了心得。我是一個小說家。每天靠著寫文章，修改文章度日。這是我身爲小說家的「人生習慣」。說到

「習慣」這個詞，它有好和壞兩種意思。不好的習慣，像是吸菸。醫學者根據調查研究指出，吸菸是肺癌形成的主因，大家長大後最好不要養成抽菸的習慣，而各位父親，最好儘可能地把這個習慣戒掉。像這就是壞習慣。

另外，當然也有好的習慣存在。例如說，每天刷牙就是好習慣。我小時候是在戰爭中度過，說來或許會讓大家吃驚，我們根本很難拿到像樣的牙刷和牙粉——那時候，從沒看過像現在這種牙膏。所以，學校老師教我們用手指頭沾沾鹽巴來代替刷牙。不過我的母親認爲小孩子用功讀書比什麼都重要，所以對刷牙這種事情也不怎麼嚴格叮嚀。於是，我也就認爲這事可有可無，沒有養成刷牙的習慣。拜其所賜，現在處在長年懊悔當中。

而寫文章，尤其是改寫，我認爲這也是一個好習慣。至少我自己一旦寫完了小說，還會再改寫好幾次。如果沒有這個習慣的話，我想現在也無法以小說家的身分生活。那麼，修改已經寫好的文章，會有怎樣的好效果呢？首先是讓他人更瞭解自己的文章，其次是自己可以把文章修改得更好，這兩種成效。這兩種效果怎麼結合，我會舉幾個適合的例子來讓大家看。

運動練習可以鍛鍊肉體，而修改文章的練習則可以鍛鍊精神。這是我最重要的想法，希望能讓大家都能明白。

3

剛才，還有一點想對大家說，就是小時候的我是怎麼把學習延伸下去，讓自己的視野更寬廣。而這和長大後的工作，或是爲生活所做的功課，又該怎麼結合呢？今天，各位的爸爸或媽媽也都來到了現場，我希望大家可以去問問父母的想法，談一談我做過的事情。

剛才說到我是一名小說家。我並沒有上過專門學的教育課程——事實上，也只是在大學的大講堂裡聽過教育概論和教育心理學兩堂課而已，雖然，也去當過實習老師——但是，我並沒在這個國家裡眞正當過國、高中老師。我第一次教書是在墨西哥大學，後來在加州大學的幾個學區裡教過書，在普林斯頓大學、柏林自由大學是教授文學課程，這些都是針對專門研究的大學生，講授文學課，和一般的教育並不一樣。

所以今天在這裡，我並不想以教學者的角度來談，反而是想以學習的角度，講講自己怎麼樣用功，跟大家分享我的經驗。我小時候在學校的樣子，在文章中已經出現過好幾次了。那是在戰敗後不久的事情，我從小學高年級進到新制中學──差不多就在各位這個年紀的時候──當時在四國森林，我住的村子學校裡並沒有很多受過師範或大學養成的老師。年長的老師雖然是師範出身，但是，他們一直待在村子裡；而且他們竟然可以把在戰爭中教我們的事不當一回事，毫不在意地又教著相反的論調。對學生們來說──特別是我──實在不是一件好事，所以我根本無法信任那些老師。

於是，我就開始自大地想著──雖然這也不大好──我靠著自己一個人用功吧！然後，我發現一種讀書方法，不論是在教科書或是普通的書上，只要一發現有趣的文章或是覺得正確的一段話，就先抄下來，然後背起來。

我把書本上出現過的外語或是人名抄起來，然後再去查其他書。就這樣，等我進入高中或大學，可以更自由、更積極地來做這件事情之後——而且，現在我也繼續做著——就是用我現在所說的方式，從已知的書到下一本書，尋找著自己可以閱讀的書籍，將之串連起來。

4

我說現在還在繼續這種方式是眞的，舉一個最新的讀書例子來示範。當我決定要來演講時，原本是想談幾段對教育有用的話。我想再次閱讀近幾年讀過的幾本讓我思考教育的書，這發生在二〇〇〇年夏天。其中有一本，希望各位在上大學時能想起來。我是以這樣的心情告訴大家這本書的書名和作者，這是一位叫諾思若部・傅萊（Northrop Frye）的加拿大學者所寫的。書名的標題是*The Great*

Code: The Bible and Literature，這本書也有日文版翻譯。

不過今天我不是要談本書中所提的語言在人類文化中發生的作用這類問題。而是書中——我先翻譯過之後再引用——有這麼一段：「所謂的老師，本來，至少如同柏拉圖的《米諾》（*The Meno*）以來所認定，並不是一個知道怎麼去教未知者的人，而是可以把學生心中的某種問題[1]，重新再創造出來弄清楚[2]，以此爲工作的人。爲了達到這個目的，他的策略[3]是把學生無法用語言說清楚但是知道的事情[4]，由他來再做確認。他們所專擅的事情是把人們心中壓抑著[5]、阻礙[6]對眞知更瞭解的各種力量，將之破壞。這就是爲何老師要比學生問更多問題的理由。」

剛才這段話很難吧？各位現在不瞭解也沒關係。我就用這篇文章當作實例，解說怎麼自己學習。首先，請大家記好在這裡出現的重要單字，在字句旁邊標註3的策略這個字。

策略這個字，在英文當中寫做strategy。大家在玩電腦遊戲時，通常會先選定攻擊的大小、規模等方針吧！用足球比宴來說，就相當於教練（troussier）在比賽獲勝談話所提到的，前半場先鞏固防衛，下半場進攻等等大方向。那就是先確定戰略。然後到了後半場，比賽到中場的時候，再由中村選手幾次傳球給高原選手。這些實際進行的細部方式，稱爲戰術（tactics）。當大家心中有個要求，無論如何都希望父母答應時，就會先在心中先擬好策略或是戰術，不是嗎？

可是，有些事情直接對父母衝口而出，總覺得不太好，大家都有過這樣的經驗吧？自己會先把事情壓抑在心中，在英文裡稱做 repression，這就是5。

在1旁邊的詞是「問題」，原本在英文中是subject 這個字。一般老師都會把這個字翻譯成「主題」。可是，我認爲現在所思考的範圍中，還包含了種種強烈的情緒，所以翻譯成更普通的「問題」這個詞比較妥當。

剛才寫著2的地方意思是重新再創造出來，相當於英文裡的re-create。re 的後頭有連結符號「-」，也就表示這是一個複合字。

我的發音有點不太好，也許大家可能會聽不出來其中的差異。沒有連結符號的recreate，雖然在拼法上相同，但是發音是rekrieit。也就是已經變成日本語外來

yukari

語的「休閒」一字的動詞。

為什麼要對大家這樣不厭其煩的說明呢，這是因為我在小時候特別愛查字典。對於英語文章裡的意思，都這樣詳細地記在腦中，直到可以用日語把內容說出來為止。就算在其他場合，也可以自己判斷在英文裡該用什麼字意思才對。用英文理解英文，固然很好——特別是許多歸國僑胞的子女，確實是如此——。可是，我的方式是這麼做的。而教育我的環境也只能讓我這麼做而已。這麼一來，閱讀英文書的時間——就算是日語書，仔細閱讀的話也是如此——非常的長，卻也是效果顯著。

有位叫柳田國男的學者，把「模仿老師所教導的事物，以照本宣科的方式做出來」稱做是「學」，等到自己可以活用了，就稱之為「覺」——腳踏車的騎法就是——然後，不用別人教，自己也可以做判斷的時候稱為「悟」。他說做人不僅要從學到覺，最好還能做到悟的境界。

剛剛所說的那個re-create這個字，在某種程度上並不單單只是重做的意思，而就像是重新製作一個新東西一樣再做一次，所以我翻譯成如前的句式。表演音樂的大演奏家，在我們的面前演奏蕭邦所創造的作品時——也就是和我們一起——就像是第一次創造一樣，把作品再創作出來讓我們欣賞。所以，我認爲演奏也是一種re-create的藝術。

我的讀書方法

1

接下來是中學演講的續篇。這次就從在我剛才翻譯的文章中出現過的人名及書名開始談起。在說明我小時候的讀書方式時，必須談到一位希臘的哲學家：柏拉圖——這位活躍在西元前五世紀末到西元前四世紀初，在雅典創立「學園」學校的人，他同時也是蘇格拉底的弟子——請大家記住這些就可以了。如果在各位在念大學的時候想得起來的話，也請去讀讀柏拉圖以對話錄形式寫成的幾本書。

剛才所說的就是我的讀書方法。十歲時父親過世，沒有人可以讓我問問題之後，自己發明了一個人就可完成的研究方法。事實上，現在也還依照此法讀書。

關於那一點也是有證據的。當我打算今天來和各位談話時，便開始著手準備。還沒看過任何資料，腦中會先有些東西浮現出來。不過，我還是先去查查自己的卡片櫃裡——那東西現在大約跟一台直立式鋼琴一樣大——「教育」這一項目。這與我小時候還搞不清楚分類法時，在筆記簿上所寫下的方式，原理上是相同的。

我找到不久前覺得很有趣的諾思若部・傅萊的書，以及寫著關於教育意見的頁數。接下來把傅萊的書從書庫中找出來。閱讀時在書本上畫的紅線和注釋，對於閱讀的幫助也很大。

接下來，我所做的，就是把收錄了《米諾》的那一卷從《柏拉圖全集》中找出來。確定書裡是否寫著柏拉圖所說的那段話。

不過，由於這次是要在大家面前演講，它成了我看書的動機，而使我特別注意到了一些新的發現。就像是柏拉圖在剛剛所說的對話錄中，記錄了老師蘇格拉拉底和其他人的談話。他們的對話就如同傅萊所說，是老師比學生提更多問題的方式。這是把學生無法用語言說出但心中知道的事情，揪出表面的方法。

《米諾》這本書記述一個年輕人米諾和蘇格拉底之間的對話。對雅典人來說，他是從其他都市國家來的人。內容就是現在有很多人議論紛紛的道德教育，像是人為什麼不可以殺人；或是，是代表個人的自己、政府方針、國家方向等——被稱為公共的事務——何者比較重要之類的問題。

我想請大家記住《米諾》這本書，岩波文庫也出版過譯本，我在上大學時讀過的。這也是我讀書的一種方式。孩提時代，我對於自己還不太能理解的書，會先把某天應該要看一看的作者、書名寫在筆記本上。再註記為什麼現在會覺得總有一天要讀，自己覺得有趣的地方，以及按那個年紀自己所能理解的範圍把原因寫下來。這也是為何現在自己讀到覺得有趣的書，會把可以引用的部分寫下來的原因……

過幾年，實際上再讀此書，確定它跟自己所想一樣是本好書時，就會十分的快樂。在棒球上來說有個術語叫just meet，書和閱讀的自己也有所謂 just meet 的時候。閱讀的能力——在成長期，和年齡有很大的關係——與爲這本書所做的閱讀準備，甚至再加上截至目前的生活經驗，才創造得出這個 just meet。

親愛的孩子們，爲了和某本書just meet，請你們不要急就章地閱讀。要是某天遇到某本自己不知道爲什麼卻眼睛爲之一亮的書，而覺得這本書不錯的話，就先去圖書館或書店看看。如果身上有多餘的錢，最好把它買下來。然後，請不要忘記，在某一天把目光轉向這本書，預備進入打擊區。

2

剛才請大家記住《米諾》這本書，接下來我要來說說這其中非常有意思的地方。對在場已經學過初級幾何學的人而言，那是非常容易瞭解的部分。當我還是新制中學生的時候，有位戰敗後從韓國舊制高中回來，沒有任何地方可去——連日本人的學校也沒法就讀——的年輕人，我從他手上拿到舊制中學時所使用的各種教科書。一個人埋首鑽研其中幾何學的入門書，非常熱中。

蘇格拉底爲了證明人也有不用教就懂的東西，所以——這在柏拉圖思想當中是個非常重要的部分，不過也只到此爲止，並沒有再深入研究——他在剛才所說的對話錄中，把米諾這個少年奴隸叫來和他談談幾何圖形。首先，蘇格拉底在地面上畫出正方形ABCD。對話是研究哲學的一種方法，所以也就曉得他們是一邊在戶外散步一邊談話。

然後，蘇格拉底說連接各邊的中心得EG、HF兩條線。在希臘的計量方法上，假設AB的長爲2普司——是法語裡舊式的長度單位，「比耶」約爲一步長，比耶的十二分之一稱爲一普司。請把一普司想成約爲一吋長——他讓僕人自己回答，全部的面積是四（平方）普司。然後，蘇格拉底再問少年，這個圖形的兩倍大是多少呢？當然，少年回答是八（平方）普司。他又再問，那麼這個圖形的一邊長又該是幾普司呢？少年回答：

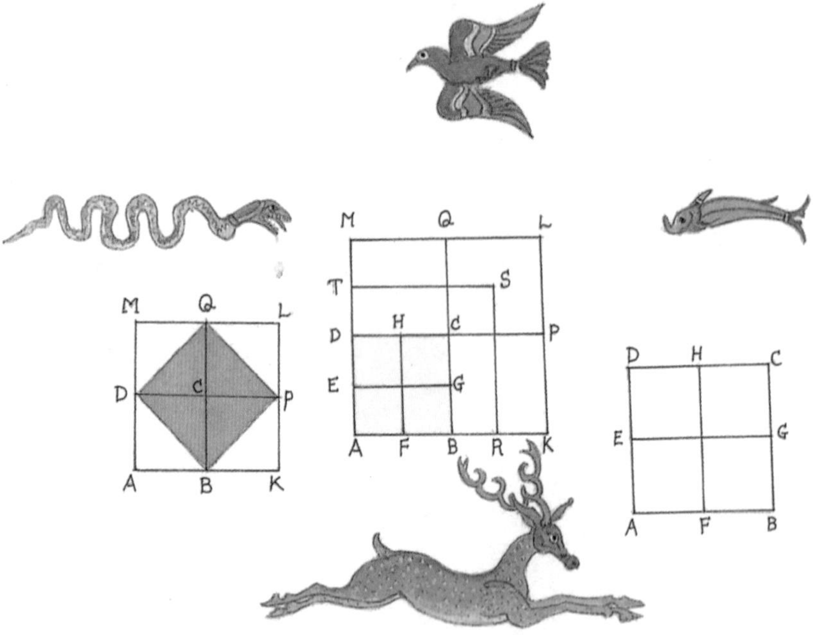
M Q L
D C P
A B K
M Q L
T S
D H C P
E G
A F B R K
D H C
E G
A F B

——那當然不用說啦，蘇格拉底，也是一樣兩倍長度啊！（摘自岩波書店《柏拉圖全集》）

當然，這個答案是錯的。所以蘇格拉底再畫了一個圖，再問少年，打算讓他發現自己的錯誤。這個AKLM正方形的面積是最初正方形的四倍。另外，又畫了一邊三普司的圖形。然後，蘇格拉底請他不用說數字，而是用手指指出哪一個大小的邊才是正確的，又再提到剛剛圖形面積兩倍大的正方形邊長：

——不，我向宙斯發誓，蘇格拉底，我不曉得。少年這麼回答。

然後，蘇格拉底把AKLM單純化，將學者稱之爲ABCD圖形對角線的DB，當成正方形的一邊。然後就會得出比原圖形面積二分之一的正方形，讓少年來確認。這少年自己一看到圖形就完全理解了。四倍圖形的二分之一，也就是第一個圖形的兩倍大圖形。

因爲在《米諾》裡，以這個實驗爲題材，談論繞著以柏拉圖論點爲中心的問題，譯之爲「發想」，我想這些部分等到不久的將來，就和各位來個just meet。

這裡還有一件最重要的事情，就是不管是哲學也好、古典也好，在孩提時代聽到這麼有趣的解說，我想大概誰都會忘不掉，這對於長大之後的學習——可以說是學問的東西——是有所關聯的。我深深地感覺到自己在那個四國森林中一個人爲了讀書寫下許多筆記，並且持續這種讀書方式，所以才能成就今天在此處的我。

3

我並不是要說自己的教育非常成功。我也並非已經對現在的自己感到滿足。以自己的方式來讀書的教育並不是完美無缺的，事實上我還發現了其中滿佈了不少坑坑洞洞。爲了要修好這些坑洞，我特地在接近六十歲之前開始每天努力集中精神讀書——要這樣說也可以。第一次，我把小說的工作停了下來，努力回到讀書上頭。雖然不知道我還能活多久，不過我恐怕到最後都無法填補完所有的坑洞吧！

所以，我想對大家說的是，從小開始爲自己而讀書，是可以不間斷地持續一輩子，這是從我自己的經驗得來的體悟。我想說的是在孩提時代，想過「好，我就這麼活下去」然後開始以自己方式生活的人，也將會一生持續下去。若還有什麼要補充的話，就是要請大家記得要適時地修正，讓自己往更好的方向走去。

剛剛提到的「持續」也是一件很重要的動作。我在這篇對大家來說等於是家庭作業的文章裡曾經寫過，到學校去讀書，照我母親的話來說，是爲了讓無法長大而夭折的孩子所說過的話，全部留在自己心中延續下去。要說這是「繼承」也行，用自己的意思去「延續」也可以。這是把自己和那些無法長大而夭折的孩子串接起來的方式之一。

我決定把兒時自己開始做的事繼續下去，所以到今天爲止仍持續讀書和工作。小時候我常常想，自己長大之後，應該會變成和現在的自己非常不一樣的人吧！這是因爲在小時候的我眼裡，每個大人都有大人的樣子，看起來和小孩子是

完全不一樣的人。

可是，我現在變成大人了，或者說，已經到了可以稱之爲老人的年齡了。在剛剛在柏拉圖的《米諾》中對話裡出現的蘇格拉底，如果把他當時的年齡設定在他去世前三年。換句話說，就是蘇格拉底當時六十七歲，大約就是我現在的年紀。如今我已經非常清楚明白，大人和小孩其實都是接續著、連結著的。這也是現在的我，如果看到半個世紀前孩提時代的自己時，非常想要告訴他的重要祕密。

而且更要緊的是如果覺得自己生存的方式錯了的話，不要因此就想去死，生存的方式是可以改變的。這和剛才所說的事情一樣重要。雖然有點難，這也是一種發現連結自己的新方法。

不過，基本上對於一般人來說，不妨這樣想：從孩提時代到變成老年人的這段時間，自己心裡的那個「人」是一直連接著、持續著。而我們自己心裡的「人」不僅和日本人，也和全人類的歷史連接著。這似乎是母親想要敎我的事。

所謂的未來，就是大家長大以後都能和現在心裡的「人」繼續維繫著堅持下去。也就是和未來的日本人、未來的人類連接著。各位親愛的孩子，請你們一定好好地善待自己心裡的那個「人」。這是我最想要對大家說的一句話。

人流之日

1

戰爭結束的那年秋天到冬天，翌年的梅雨季，和接著的秋天到冬天，都曾一直下著大雨。還伴著強風襲來。

半夜時，全家處在停電的黑暗中，孩子們在茶水間裡圍坐成一個小圓圈，圍著母親——藉著蠟燭的火光看出彼此不安的表情——鑿刻在我記憶的深處裡盡是這些光景。

混著雨勢的風聲越吹越尖銳，溪水暴漲的水流聲、搖晃對岸山林的風聲，再加上吱吱唧唧的強音，越來越近。

這個吱吱唧唧的聲音是隔鄰的大房子發出來的。這房子跟我們只隔著一條直達河邊的小石徑，連著二樓的牆壁，幾乎都快倒向我家這邊來。我找了小弟當助手，用綁著秤砣的風箏線調查過了。不過，那快要壓到我家的模樣，就算不仔細去測量，站在石徑往上一瞧，也就立見分曉……。

以現在在東京住慣的方式來看，要有這種事情發生，不是去跟隔壁鄰居抗議，就是去建議他們進行結構補強之類的動作等等，採取種種必要的措施。至於人家聽不聽你的抗議，那是另外一回事……。

可是，我的母親——當時祖母和爸爸已經過世了——並沒去跟隔壁的大嬸抱怨過。就算隔壁的人家願意修補，在戰爭中，或在戰後的那段混亂期間，都不可能輕易地進行房屋整修，像這樣「把事情鬧大」的做法，是不符合當時農村生活裡那種遠親不如近鄰的氣氛。

在那風雨強勁的夜裡，停電——一有大風雨經常是停電的狀態，等到修好的時候，大多已過隔天晌午了——就是我記憶中家裡的唯一景象。

那些年下過好幾次大雨，山谷間的河川水量暴增，在我所住的地方稱此爲「做大水」，而這屢次的氾濫，都是因爲要重建在戰災中被燒掉的房子，毫無計畫地濫伐山林樹木所導致的。

現在我在寫「大水」的時候，腦中同時也想起「鐵炮水」和「山海嘯」等更可怕卻更吸引我有興趣的形容。聽說那時候大水從河川上游垂直削下，一整道水牆沖灌下來——當然我聽得心裡暗暗吃驚。

或許是因爲及早實施林木重植，所以防洪效果顯著，再加上徹底實行護堤工程，所以現在已經不再見大水蹤跡。我故鄉的人是這麼說的。還聽說年輕人發起在水泥興建的醒目河岸內側，廣植林木，沿著河川流經之處，推動恢復自然景觀的運動。

剛剛我想寫的是關於「大水」的回憶。那並不是什麼在黑暗的半夜裡，風雨聲中，我對屋子下方激烈奔流的河川，抱著怎樣的回憶之類的故事。而是在溪水暴漲、流水聲增高時，我們在河流較不危險的白天，像是教學旅行一樣，心跳加速地見識到驚人場面的回憶。這並不常發生，在溪水常常暴漲的第一、二年間，我也只偶爾遇過二、三次而已。可是，在年幼的記憶中，都被歸類爲觸目驚心的自然現象。

恐怖的風雨之夜過去，天亮後，在雨時而增強、雲層不再暗沉的中午之前，沿著街道的河川上游的方向，跑來數名男人大叫著出事了：

——人被大水沖走啦！

這個發音強烈的語助詞「啦」，加重了句子的語氣，讓大家更加注意。而這個字聽起來也同時包含著驚訝和感嘆的心情在其中。

聽到奔走而來的男人們叫喊聲，街道上的人們紛紛放下手邊正在做的事情，一起跑到馬路上來。小孩子就更不用說了。全體一致，往河下游跑去。自己也邊走邊叫著。這叫聲就像美國原住民受到襲擊的西部電影裡的傳話方式一樣，不斷地把危險訊息傳遞下去，比跑著的人更快地把消息傳送開來。

我們這些小孩子一聽到叫聲，就從家裡跳出來，先決定往哪裡開跑。在小鎮大道約中央的位置，有座連接到對岸城鎮的水泥橋。我們要在這座大橋上，占一個好位置，等著「被大水沖走的人」乘著濁流飄過來。

2

流過我們山谷間的河，平常的寬度還不滿十公尺。這還是有淺灘較寬廣處的寬度，我們這邊的河岸是岩石，而對岸則密生著竹叢，水深的地方非常的狹窄。陽光透得過水面，可以看見河床碎石上方溯流而上的小魚群，平日看來就是如此平靜。

鎮上的大道很短，從橋上就能走出城鎮，在路旁就可以看見閃閃發亮平穩流過的河川。季節一到，還有香魚溯游而上。天氣微冷時，小孩子們就爭相在裡頭游泳。稍微年長點的人會等到雨水連下數日，河水變成淡青色不透明的「細濁」

之後，水滿了點再游向對岸。

這條模樣安靜的河流，一遇到「大水」就變了樣。河川的寬度一下子就超過了三十公尺。混著濃濁土沙的河水，氣勢驚人地往下游沖去。特別是在河水流速最快的中央，堆著許多被沖走的東西，看起來像是形成了一座座膨脹的小山。架在河上的水泥橋，由兩支粗壯的橢圓形橋墩支撐著，矗立在河水暴漲的水流中，承受著流水的衝擊。在這兩支橋墩間的橋上，就是觀看濁流的最佳場所。

到了這裡就可以看到如小山般澎湃的流水從正面湧上來。那些漂浮於水上的東西，像是被上游山崩或大量暴漲河水沖垮的房子、樹木或是各種想都想不到的東西，在河面上擠成了一團，有些房子還保持著原有的樣子被沖刷下來。有人爬上屋頂上避免溺水，大家發現之後大叫著：

——人被大水沖走啦！

所以引起了這場騷動。

這是我首次看到「被水沖走的人」，他乘著古老的農家建築物漂來。厚厚的茅草屋頂傾斜著，一半浸泡在水中。對側高處橫坐著一位看起來應該是老人的「落水者」，滿臉不高興地低著頭。他完全沒注意到來看熱鬧的人，或許已經漂流了很長一段距離，橋頭上我們初次體驗到的興奮和雀躍，都在他身上沉靜了下來。再往下漂一會兒，河川的寬度增加了，水勢也漸趨和緩，不久之後漂流屋就會像船觸礁一樣停了下來。消防隊的人已經在那裡等著救人。

高中時我向同年級朋友借來井伏鱒二❶《除厄詩集》來看，想起了那位「落水者」的神情。並且帶著尊敬心情地懷念著……

峰頂之雪碎裂／雪崩／在那崩下的雪中　熊乘之而來／盤腿坐著／以安閒／如吸煙般的模樣／一匹熊靜坐其中（〈崩〉）

3

我所見過的「落水者」中，最戲劇化的場景如下。在兇猛而下的水流中央，有兩間小小的屋子緊挨著，一邊的稻草屋頂上坐著一位看起來像是山谷間學校裡一、二年級的女學生。膚色淺黑，表情像男孩子一樣緊繃著，是位個頭嬌小的孩子。在那場面裡，我馬上認出了她是誰，但是總覺得看起來有幾分奇怪……。

記憶中非常清楚記得就在橋的正前方，那人影做出了驚人的舉動。少女所在的房子，如果繼續往前進，就會和一座橋墩正面撞擊。就算是沒撞上，也會被水流在橋墩處所激起的強大水波給弄翻。橋上充斥著大人們緊張地高呼危險的聲音。

少女發現自己越來越接近危險的橋墩，於是她冷靜、果斷、不得不地，下了一個決定，她決定跳到了稍微有點距離的另一間房子屋頂上。而她之前所待著的屋子，撞上了橋墩沉沒下去，而另一間房子則安全地流到河川下游。她像隻小鳥，咚地跳過去，那鐵皮屋頂上載著一位威風凜凜的少女……。

在下游和緩處被救起的少女，成爲了村子裡的傳奇人物。再來是發生在戰後第五年的事情，我在新制中學裡被選爲兒童農業消費合作社的合作社社長，除了

幫社會科老師做一些小雞培育溫室的工作之外，還要負責收集學生們零星繳出的錢，送到大人的農業合作社去存起來。

那位少女行事仍舊威勇無比，她在農會擔任存款的負責人。爲了仔細點收學生的存款數額，必須一一核對紙箱中的硬幣金額，所以少女只要一看到我出現，經常是大聲抱怨：

——啊！小鬼頭合作社社長又來了，眞讓人討厭！

又過了幾年，謠傳說這位女孩子和有老婆也有孩子的農會上司，一起逃到大阪。這到底是事實還是謠言，沒有經過確定，但是高聲說著謠言的大人們，每個都是以責難的口氣道人是非，然而，在我的心中——雖然嘴裡沒說——卻有著另外的想法：能在「大水」中果決地從這間屋頂跳到另一個屋頂去的女子，她所決定的事情，一定是不得不的正確抉擇吧！

我考上了大學後，選擇法文系就讀，經常讀到沙特這位作家兼哲學家的作品。在他的書中常出現幾個字：choix（選擇），dignité（威嚴）。

每次當我看到這些單字的時候，就會想起「大水」中的少女，從屋頂上跳到另一個屋頂的模樣。

爲了生活——爲了繼續活下去——所做的選擇，只有一個結果。我想自己也會遇上某個必須拚老命的時刻吧！這時候，我能不能像那位少女一樣漂亮地完成，或者說我是希望自己能夠接近那位跳上新屋頂的少女雖然嬌小卻威風凜凜——具有威嚴——的模樣。自己要是能這樣，不知該有多好……。

---

❶井伏鱒二（Ihuse-Masuzi，1898-1993）生於廣島，本名爲滿壽二。早稻田大學肄業，以其獨特的幽默感和柔軟的精神，描繪庶民日常生活的種種。代表作《山椒魚》、《遙拜隊長》、《本日休診》、《黑雨》等。

Tankurō頭炸彈

1

我小的時候，已經過了《小黑吉》❶、《冒險蛋吉》❷的熱潮，我覺得當時的新漫畫一點也不好看。也可以說整個時代或者社會上瀰漫的風氣，和漫畫非常格格不入。

那時候很難有機會看到漫畫，不久前出版的——也就是剛才所說的——《小黑吉》、《冒險蛋吉》等書，布製封面紙非常厚實，和現在的連環漫畫比起來，是非常高品質的書籍。我在進入國民學校之前，只有一本母親辛苦弄到手的*Tank*

Tankurō。

另一本——嚴格說並不能算一本——書則是從外國報紙和雜誌剪下來收在箱中的東西。裡頭是《菲力貓》❸和《阿爾發發的老爺爺》❹這兩個系列的漫畫。

戰爭過了很久之後，我曾在新的外國雜誌中發現《菲力貓》漫畫，也看見印有漫畫的T恤。也曾偶然在電視上看過《阿爾發發的老爺爺》影集。可是，兩者都已經和我記憶中的東西有些不一樣了，幾乎都快認不得了。

後來，我在加州一個名叫柏克萊的小鎮的大學工作，搭乘地鐵到舊金山的舊書店裡找書時，發現了懷念的《菲力貓》。雖然是間舊書店，可是在大廈二樓的角落裡，有間收集珍本的特別室，我在那裡發現了一堆戰前的《菲力貓》雜誌和附錄本。

可是，當時我如此頻頻造訪舊書店是爲了要收集詩人兼版畫家威廉•布雷克❺的新書或尚未收集到的資料。那一天我找到的漫畫和布雷克珍貴附版畫的書冊，價錢相同，我考慮了很久，最後選擇買布雷克的書。而店裡的年輕人影印一

張菲力貓的畫送給我，還要我保守祕密別讓店家知道，大概是他看到我非常認眞地在考慮要買哪個吧！

我這本*Tank Tankurō*封面是用紙包起來，非常小心地閱讀。教我這個方法的人也是母親，我到現在也都還用同樣的方法，用日式點心的包裝紙或是月曆紙把封面包起來之後再閱讀。這已經是持續了五十年的習慣了！

Tank Tankurō身體是黑色的鐵球形，上面有好幾個洞，其中一個洞中伸出一顆有著武士髮髻的頭，張著圓鼓鼓的雙眼。雙腳穿著長靴，當然雙手也是從洞裡伸出來，不僅如此，還能長出飛機的機翼和螺旋槳。

因爲他是武器，所以需要很多必備品，Tankurō在戰場上有隻叫基公的小猴子跟著，兩人的關係不像上司下屬，比較接近朋友，一起在戰場上並肩和敵軍作戰。

畫Tank Tankurō的漫畫家是一位叫做阪本牙城的人。我在書的封面中央畫上從嘴裡伸出兩根牙的男人。有一次被父親看見了，他教我所謂的牙城就是大將軍的陣地。進入小學之後，常玩著模擬戰爭遊戲，所以對父親教過的東西印象特別深刻。

長大之後，我寫出了對Tank Tankurō的回憶，意外地收到了一本上頭署名雅城的水墨畫——從中國傳來，用淡彩和水墨表現的繪畫——畫冊以及作者家族所寫的信。爲什麼要從非常具有戰爭感的名字改成意境優雅的名字呢？一問之下原來是眞名。可是，私底下我還是比較喜歡具有另一層意義的牙城。

2

接下來可能有點岔題，不久之前，中國的朱鎔基總理前來日本訪問。他和政治家或實業家見了面，但還想再度透過電視和日本市民對話。一個總理和幾百名市民的對談，可以出席但不見得可以發言的人很多吧！我想如果對談的內容事先經過計畫收集會更好。

更久以前，我參加過一場中國來賓訪日的歡迎宴會，也是一位政府高層人士。加入某個日中文化交流促進協會的我，一聽說這個人要來，就買了入場券出席。

就在進入會場處，我想應該是接待的日本人安排的儀式，所有出席者都得和這位政治家握手寒暄。因此每個人都不得不側身加入長長的人龍當中，握手隊伍的行進比我想像快上許多，在接近我要打招呼的時候，政治家已經一臉厭煩的樣子了。

政治家和排在我前面的老人——像是和中國進行貿易的人——握手時，已經把臉轉向我來。這期間和他握手的人，他的公司名稱之類的，就由一旁的翻譯加以解說，我想政治家也沒耐心聽進去。等到政治家和我握手的時候，他的眼睛又急忙找下一個人。

要是你們被爸爸帶去參加這類的宴會時，對於大人老是做這些毫無意義的儀式，往往會覺得不可思議吧！就算我是個大人，也會有類似的感覺，所以從那以

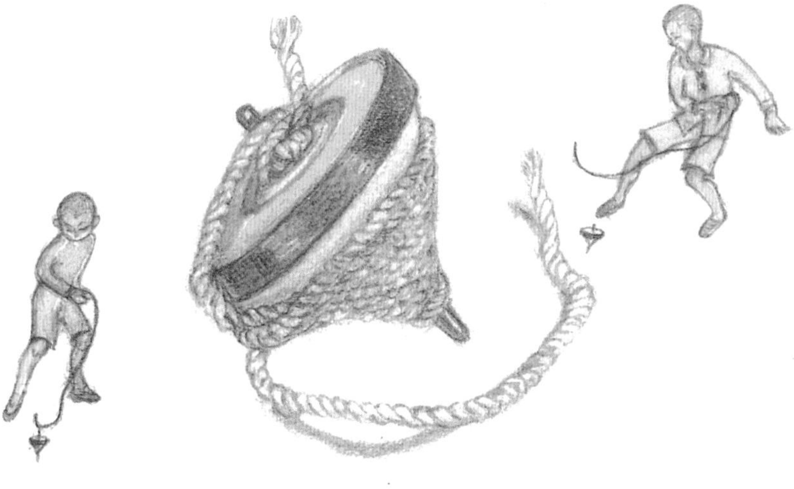

後，我就不再參加任何外國政府偉人的歡迎會了。事實上，我也收到了中國總理訪日期間的大型晚會邀請函，結果我沒參加。不過，當我知道他將在電視上舉辦和一般市民間的對談之後，就覺得這個人眞是不錯。

3

光看報紙上的新聞，就能感受到這場問答爭辯將非常激烈。我覺得最重要的是一句話：「一九九五年（當時的）村山富市首相雖然概括性地對亞洲人公開謝罪，但是在官方文書裡一次也沒對侵略中國的戰爭道過歉。」朱總理還具體舉出實例來指責。

我也注意到了這些所謂的日本政府高層官員到國外去時——特別是到亞洲諸國——通常都講些經過美麗辭藻包裝的曖昧發言內容。大家應該都曾經有過收到客人所帶來禮盒，包裝很精美，可是打開一看裡頭卻空空如也，沒有自己想要的東西，因此感到十分沮喪的情形吧？

我聽了中國總理這一番話，雖然沒達到激動之情，但我想這樣具有內容的言談，在討論節目中出現，對於看電視的年輕人，都會留下深刻的印象吧！

總理的回答原本是針對日本參加者的問題：「中國要求日本謝罪要到什麼時候呢？」所提出的回答。後來朱總理又答道：「我們不會一直要求日本謝罪，謝不謝罪是日本自己的問題。只是希望你們能再多想想。」

我認爲這也是一句擲地有聲的話。這眞的是日本人的問題。如果被大家問到，要日本人（自己）下決心謝罪、並執行，爲什麼（對自己來說）很重要呢？我覺得答案是爲了（自己的）榮譽。

日本人攻打中國，對女性施暴，甚至殺害小孩子，生靈塗炭——南京大屠殺就是其一。這對大家來說是相當於祖父輩的世代，或者說是更年長世代的日本人所做的事情。所以，我覺得你們別說這件事和自己一點關係也沒有，也別說你們有什麼好光榮的事情。

到目前爲止對這件事情不太清楚的人，還來得及學習。這樣一來，對（我們自己）日本人所做的侵略戰爭，用國家公文告示謝罪，你們應該也不會反對。你們同伴間，對於老是欺負弱者，一直都不道歉的人，應該會認爲他非常沒種而輕視他吧！

而有些和我差不多年紀的老人，從你們出生前開始一直到今日，持續撰寫著教科書。他們說是爲了讓日本的小孩子——就是你們——對自己感到更光榮，所以怎麼做呢？竟然是把歷史教科書上所刊載的自己國家對中國及亞洲各國進行侵略的文章刪去！

我想你們大多數的人一定覺得，這不就是睜眼說瞎話嗎？或許有人會非常氣憤，希望不要有這種（爲我們自己）爲掩飾而說瞎話的人存在。在日本的國、高中所有歷史教科書上，日本人對亞洲諸國殘忍侵略的敘述，都被一一刪除了，就算是日本的小孩都不知道這件事情，但是，日本周圍的亞洲諸國孩子也還是知道的。而將來，你們還需要和他們一起談話、一起工作，一起創造新的世界呢！

我覺得最可怕的就是，當有一天中國人說出「不再需要日本人道歉」這句話。當然，如果這是發生在日本政府堂堂正正以公文謝罪之後，那就是一件可喜的事。可是，如果不是，中國人，特別是中國年輕人要是開始這麼說的話，那麼將來他們怎麼可能會跟你們眞正締結良好關係呢？

4

再回到剛才所說的Tankurō上頭。有次Tankurō因爲基公的疏失，讓敵軍的獅子滲入祕密巢穴中，把Tankurō藏在凹洞裡、綁著髮髻看起來像是頭的部分拉出來。頭被越拖越遠，頸子則像是蛇一樣延伸出去，Tankurō的頭就這樣被帶走了。基公非常擔心過來瞧瞧，卻看到因爲太重而被棄置一旁的鐵球中，伸出一顆精神飽滿的Tankurō頭來。原來，Tankurō利用延伸到原野上像脖子般的東西當作導火線，引爆僞裝成頭的炸彈，炸死獅子們。

我那時還是個沒上小學的孩子，書裡面描寫的敵軍部隊，我感覺到那就是當時大人方言中提到「支那人」的樣子。事實上這就是在日本小孩子心中，強加上從未見過的中國人印象的教育。我和基公一起擔心著，對Tankurō的計畫成功感到非常高興，這就等於是讓孩子的心參加了在中國進行侵略行動的日本軍隊。

當我看到Tankurō被逼至危險境地，無以爲愛莫能助時，就會和基公一起心痛——也有好幾次——爲Tankurō英勇表現，把敵軍打得落花流水而高興，對於假想成中國人敵軍部隊的性命，卻從未設身處地想過。

---

❶《小黑吉》：田河水泡所畫的兒童漫畫及其主角名。敘述一隻小野狗黑吉加入軍隊之後活躍的故事，昭和六年到十六年（1931-1941）在雜誌《少年俱樂部》連載。

❷《冒險蛋吉》：島田啓三的漫畫及其主角名，昭和八年起（1933）在《少年俱樂部》連載。

❸《菲力貓》：一九一九年菲力貓在派特・蘇利文（Pat Sullivan）公司的奧圖・梅斯麥（Otto Messmer）的孕育下在《貓的鬧劇》（Feline Follies）中首次登台，大受兒童的歡迎。從此，一個以「兒童」爲對象的卡通動畫工業開始建立起來。

❹《阿爾發發的老爺爺》（*Farmer Al Falfa*）。美國漫畫家保羅・泰瑞（Paul Terry）所畫。

❺威廉・布雷克（William Blake，1757-1828），英國浪漫派先驅詩人兼畫家。他的詩集都是由他自己加上插畫蝕刻印刷出版。主要作品有詩集：《詩的素描》、《天眞之歌》及《經驗之歌》。

樹上的讀書之家

1

小時候為了要讀很多書，做了一番準備功夫。從國中中期到畢業，只要我想讀的書都會自己設法弄到手。我並不是因爲那些書有趣才想讀的。因爲如果是一讀就會馬上沉迷其中的書，也不需要作什麼準備功夫。不過也有些書，是聽老師或是年紀稍長的朋友建議，好不容易才得到，一讀之下卻發現眞的是很難讀懂的書。

自己閱讀之後發現，這些書肯定是了不起的學者或作家所寫，就算明白自己

還不適合也無妨。或者放棄或者等將來再讀。我連這種書箱也準備了。可以等自己長大一點，覺得讀這本書有趣的時候再拿出來看，如果還不了解其中趣味，那也只能說是自己的責任。

但是，總會遇到自己曉得讀一讀比較好，可是卻常常怎麼也讀不下去的書。現在馬上想起來的就是岩波文庫的《托爾斯泰的日記》。這是因爲我認爲不管是什麼書，讀了十頁之後卻無法把書讀完是一件很可恥的事。

所以這就需要一點讀書的祕訣了。我建造了一個專爲讀這些特別書籍的場所。地點就在從家後面下到河床邊的平坦土地，母親耕種果菴之處。有一次，我在一本翻譯童書上讀到一種很重的球形蔬菜名稱：

——要是能活到一百歲，不管何時都要吃吃高麗菜！我跟別人求來了種子，執意要媽媽種出跟書上一樣，葉子捲捲的圓形蔬菜！

從戰爭中期開始，就發生糧食不足的情況，母親種田的地方——之後還種過小麥——原本是種柿子樹的。從河邊開始沿著堆砌的石矮牆，高高低低的田埂邊，種著枇杷或是無花果樹。一到春天植物發芽時，我就會想著那些新芽一天會長多少呢？用新奇的眼光觀察祖父或父親育種改良過的柿子田。

村子裡有一個傳說，小孩子們不可以爬到枇杷樹上，因此我和弟弟還曾經費心研究如何去摘樹上的果子。有一年，就在無花果樹已經結果不久，乾燥的葉影沙沙作響中，我突然發現了一個難以置信的大果子，那時腦袋瓜裡浮現了一句話：「人生」還眞是不錯哪！

在這些果樹之間長著幾棵楓樹，我在楓樹枝幹分杈成股處鋪上木板，用繩子固定起來，然後在上頭建造了一個可以讀書的「家」。很久之後，當我接受了電台的工作，到世界各地採訪人們，思考如何讓原子彈、氫彈消失。在普林斯頓的高等研究所裡遇見物理學者費曼・戴森（Freeman Dyson）❶，談完工作之後，聽到他兒子的一些事情。我曾在報紙上看過他在高樹上造房子居住。

——我兒子從樹上下來了，現在在阿拉斯加海上，乘著原住民獨木舟改造的船。戴森先生非常快樂地說著。

在剛才所說的樹上讀書之家，我讀著難以讀下的書。要是沒書可讀的話，也必須每天至少上去一次，看看樹上之家的狀況。我帶著書爬上樹，在這裡不讀其他本書。這樣一來，不知不覺間，就可以看完一本困難的書了。

對現在的我來說，電車取代了樹上讀書之家。長大後有些很重要的書，必須依據舊有經驗才能正確地理解。這些書也都是些很難讀得下去的書。每個星期我會去幾次游泳俱樂部，於是便在途中的電車上，閱讀這些書籍。背包裡只裝著泳衣、蛙鏡以及書，如果是外文書的話就再加一本字典，還有用來添加註解的鉛筆。上了電車，我就開始閱讀。在游泳課開始前，還能在俱樂部的談話室裡繼續，一點都不需要擔心。

我常看見跟我一起搭乘電車的中學生或是高中生諸君，都是看些漫畫雜誌。這麼有趣的東西，在書桌前——或是學校的下課時間——也可以閱讀不是嗎？在上下學之間必須忍耐兩次三十分鐘的通車時間裡，也沒有什麼別的事情可做，我建議大家在書包中擺些平日很難讀懂的書，這時候可以拿出來看。

2

可是，我曾在電車上放棄手上正在閱讀的書本，側耳聆聽別人說話。這發生在長野縣新知事選出來的隔週。中學女生從電視上看到有位局長把知事遞過來打招呼的名片折了起來。有位中學女生說：

——眞像個小孩子！

這句話勾起了我的興趣。

小時候自己曾經想過關於這個問題，進入高中之後，也記得曾經查字典、找過在英文裡該怎麼說。

最初我注意的是「孩子氣」和「幼稚」這兩個形容詞，前面那個詞，就算被別人說了一般人也不會在意，但是後面的說法就會讓人生氣，這是爲什麼呢？

在國語辭典中「幼稚」是指已經不是個小孩子了，做事情卻還是很孩子樣，很明顯就是不好的意思，我也很清楚。雖然可以對小孩子說「幼稚」，但是總覺得那似乎是指不太好的孩子。

我想說的是，「孩子氣」雖然並不是具有惡意的語詞，不過當自己還是個孩子的時候，儘管是好意的形容，最好還是不讓大人用「孩子氣」來形容我。這是我自己定的規則，在我感覺裡，自己基本上就是一個具有「幼稚」性格的人，我很想要好好矯正過來吧！

英文中說到「孩子氣」的時候，有兩個字可以用，一個是含正面意思的childlike，和負面意思的childish，高中的時候我就學到了，但是，在美國大學工作的時候，以childish 來形容別人的樣子或是議論時的態度的感受，比起小時候更強烈，讓我更明白了其中所蘊含的社會譴責意義。

當我在電車上聽到中學女生批評，應該是批評在縣政府工作的大人把收到的名片折起來，眞是非常childish 的動作才是。

另一個中學女生則說了：我父親也這樣說。可是，之後她又接著說，——說什麼柔性縣政，我實在是不瞭解。用這樣抽象的說法，會讓人很困擾的！

到了游泳池，開始游泳後，我還想著這件事情。如果我收過中學生或是高中生寫給我的信裡問到，對老師所說希望各位同學更柔性地去讀書或生活，覺得太過抽象不瞭解的話，我要怎麼回答才好呢？

我想會這樣回答。要是大家都感覺到老師的用語太過抽象了，那麼就去翻字典好好地把字的意思查清楚。「柔性」這個字，首先意思上解釋爲「高級、優美的樣子」，但這是閱讀古典文學時才用的解釋。接下來還有彎曲的樣子，富有彈力的樣子，這些意思現在還在生活中繼續使用。在加上語源的字典裡，還會並列著古語動詞「撓」的意義吧！草木因重量而彎曲，被風吹得搖晃，隨風搖曳之姿。這樣說起來，應該是寫成具有彈性的樣子。請好好記住哦。

剛才提到了一個在各位生活當中會發生的具體問題，希望大家在能力所及的範圍內盡量去解決。不管是中學生也好高中生也好，人活在世界上總是會遇到許多類似「該怎麼活下去」的困難問題。

這個時候，請好好地思考之後，再檢視一下自己該如何把這個問題「柔性地」組合起來。雖然，那確實是很抽象，但應該也能成爲具體的線索。如果能對接近「人情」的語辭也有實際感受的話，不就等於是在你將來所做的每一個決定上，點上了一盞明燈嗎？

還要再補充剛剛說過的古字「撓」讓大家作爲參考。它的意思是就算有外力加諸在身上，也不要被硬生生折斷，這是正面的意義。雖然我知道自殺者自身的問題是非常沉重的，但是，他們卻沒有用「柔性」的方式去解決，的確讓人婉惜。

另外，這個字也有在強風壓境下彎折的意思，是負面的意義。對於老師、雙親、學長們給予的壓力——雖然雖也有來自橫向或是下方的壓力，因而感到難過——所以很難——馬上就臣服躬屈，這樣實在不太好。請大家也要牢牢記住。

3

母親看到我在楓樹上造小屋讀書，還是一如平常地在樹底下繼續種田、播種、收割蔬菜，什麼也沒多說。借住在隔壁的女老師，曾對母親說過我在那上面打瞌睡會掉下來很危險，結果母親說：「那小子我行我素慣了」，不怎麼搭理對方，把她氣得要死。可是，她把這棵楓樹附近周圍的小石子都撿乾淨了，還在地上鋪著柔軟的土。

我屈著身子躺在那小屋狹隘的木板上讀書，可能是因爲是本很難閱讀的書本，所以我馬上就抬起眼來，眺望河川對岸的森林。雖然，思緒沉浸在其他的事物裡，但是書本仍舊在腦袋中縈繞不去——就像一旦跑了起來，就無法馬上停下來一樣——白天的時候，我的思考比身體更能遵守既定的形式運作。

說到思考，也就是可以用語言想事情，也是我在那棵樹上的讀書之家中，自己發現的。當我高興地眺望著林木中每一棵筆直的大樹——也想起自己曾問父親，為什麼樹會筆直地往上生長？——我想如果人（自己！）也是這樣就好了。在人生存之道的思索中，「柔性」，還是上了大學才知道，英文字upstanding——・・・頂天立地之感，似乎也包含在其中。

❶費曼・戴森（Freeman Dyson, 1924-）出生於英國，普林斯頓高等研究物理學教授。戴森對數學、粒子物理、固態物理、核子工程、生命科學、天文學領域多有研究，興趣是探索未知的世界。著作豐富，著有《武器與希望》、《宇宙波瀾》、《想像的未來》等書。

戴森的兒子喬治十四歲吸毒，從普林斯頓的菁英中學逃學，最後到阿拉斯加海域，像奧狄修斯一樣用自己的手造槳造船，還在卑詩森林裡離地二十九公尺的大樹上蓋了棟極有趣的樹屋。遺世獨立的生活，使他成爲獨木舟專家，也發展出電腦技能，甚至還寫了本專書討論人工智慧的演化。喬治的成就即便是有龍生龍、鳳生鳳的基因（包括聰明才智與叛逃冒險的精神——費曼・戴森的父親是英國皇家音樂院的校長），但他的學習基本上全來自於自發的需求，而不是體制的強制。

對謠言的抵抗力

1

有位朋友讀了剛剛那篇文章之後跟我說：你雖然說認眞地說明了對長野縣新知事的「柔性」想法，但是當那位知事還是位作家，寫散文比小說更為活躍的時期，曾寫過一篇關於你的「謠言」，以對談的形式廣爲傳播，還出版成書。

大家不該樂觀認爲，像「謠言」或是「搬弄是非」等小孩子社會裡令人厭惡之事，長大之後就會消失。就算是我在新聞界裡尊敬的人，也會散布惡意的謠言。對於這些謠言，我現在還是很難想像是具有善意的。

這本書中所說的「謠言」，其一是，我將自己的書稿，給了某出版社——是一間不太大的出版社，但是我書架上日本出版的專門書，大多是該社出版的——卻是與對方連面都沒見過。

事實上，小說家而非研究者的我，從沒有被這家出版社的編輯邀過稿。原本，就像我對自己購書的出版社，會以長年的經驗來選擇一樣——希望大家也這麼做——要出版我自己書時（一年不超過一本），當然也會選擇編輯。也就是說，這個謠言並不是事實，雖然說得煞有其事，由此可知這是「謠言」的性格之一。

另一個「謠言」是我之所以得到諾貝爾獎，是因爲我常與太太一起參加瑞典大使館的派對。

我家裡有位在年齡上雖是大人，但是卻不可以放他一個人在家的光。在斯德哥爾摩舉行的頒獎儀式，他也一起同行，我從旁支撐行動不便的他，知名的報紙上就寫我把殘障兒當作賣點，說什麼這個獎也一起頒給了孩子等等，以非常具有攻擊性、以自以爲瞭解事實的樣子，報導了這兩種謠言。

事實上只是單純地我和太太並不能留下兒子單獨去長期旅行。後來聊起這件事情，覺得能把光帶去眞是太好了。像是頒獎儀式這種場合，雖然很盛大，但也混合著辛苦及出乎意料的事情。我們把光留在面對波羅的海入海口像是涼亭一樣凸出的飯店房間裡，他必須單獨等我們回來。每次一聽到那一天他所創作出來的〈海〉這首曲子，我就會再度懷著感激的心情謝謝阿弗雷得‧諾貝爾氏百年前的決心。

在這次頒獎儀式之後，我和太太一起到瑞典大使館所舉行的內部派對致謝，兩個人沒到過其他大使館，加上若是只有我一個人，是絕對不敢去參加的。外國大使館的人員就根據這段事實，以英文中含有惡意的notorious式的「謠言」廣爲散播。

爲什麼我要說這麼多「謠言」呢？「謠言」和事實沒有關係，而是以惡意和輕薄的態度作爲運動能量。基本上「謠言」大多具有這種性格。

2

在這裡我希望大家能夠對「謠言」具有抵抗力。這點我們可以從兩方面來努力。

首先，知道某個「謠言」之後先聽聽看。在相信之前，與其跟周圍說八卦，還不如先問問其他人的意見，確認一下是否眞有其事。如果對某個「謠言」很在意，像是報紙上的報導之類，先查一下同聲共氣的文章、反對的訊息以及中立的報導等數種報紙上的消息。這時候圖書館就是很方便的查閱場所。

聽到一項「謠言」的時候，即使是很奇怪、非常可疑的消息，只要覺得很有趣，就一鼓作氣，將之傳播開來。我對於這種人，就算是名人，也會冷眼對待。

另外，對於毫無根據的「謠言」，在自己所處的社會中——遊樂場或是教室，甚至是回到家裡也是——要具有對抗散佈「謠言」的抵抗力。每個人都會覺得

「謠言」很有趣，感染力很強，事實上，要是有眞正可以抵抗「謠言」的人存在的話，特別是一開始的時候，就能很快將之打倒。

也就是說，看起來柔弱的「謠言」，在某種程度上越滾越大之後，就會變成另一種具有危險性的力量。當你們學習世界史時一些實際的例子，便能很快瞭解到「謠言」能發揮多大的不正當力量，知道這點比什麼都要來得重要。其中爲人類帶來不幸的悲慘暴力的「謠言」，如果一開始就能有勇敢的人出面來質疑其正確性，在謠言的力量還很微小薄弱的時候，就應該可以將之擊潰。

3

聽說過法國的古老城市奧爾良（Orléans）所發生的事情嗎？從十四世紀開始的百年戰爭結束時，聖女貞德從英國人的手中挽救的這個城市。一九六九年，在這城市中傳播著一則非常不可思議的「謠言」。據說在城市中有六間女裝店，年輕的女孩子如果進去試穿衣服，就會被下藥帶到國外，賣到作苦工的店裡！實際上，警察並沒有接獲任何失蹤人口的報案，而且這謠言不只在城市中廣布，甚至還成爲傳遍法國全境的「謠言」。

這則毫無根據的謠言，是怎麼被創造出來的呢？幾位具有責任感的學者展開調查，然後由愛德嘉・莫藍（Edgar Morin）這位社會學家，代表寫成報告。

莫藍一開始就明白點出，這些女裝店的經營者全是猶太人。這事件是該店主最後感到生命有危險時，找警察保護而引發的。莫藍分析，在全歐洲人都曉得納粹屠殺猶太人此一事實的當時，社會上還是殘留著有待反省的偏見，他分析「謠言」的產生方式、散布方法是典型的恐懼心態。

我要請大家要注意在莫藍書中所提到的一個事實，奧爾良市的女校中，有部分女教師被「謠言」影響，而助長了「謠言」的散布。報告中指出，有女教師對學生說最好不要去猶太人經營的女裝店。

4

我爲什麼堅持人要對「謠言」具有抵抗力呢？假設女學生之間，對這個「謠言」做過確認動作，也和被動搖的女老師多談談的話，就知道事實上不會發生這種事情，回到家裡應該也就可以告訴家人事實的眞相了。而城裡的氣氛也可以爲之一變，往這方向進行。在這些具體的動作上，期待各位能發揮年輕人特有的「柔性」。

社會或是歷史對猶太人所持有的偏見，在日本難道就沒有嗎？也許有人會說，這應該是外國人的故事吧！但是，另一方面也有人認爲並非如此。當我在國外教過的學生們來到東京作客時，最先令他們驚訝的是大型書店的店頭，並排著暢銷書的地方——平鋪堆積著——有好幾本日本人所寫，對猶太人充滿偏見的書。

這是因爲日本人對於不懂的事情，很容易充滿好奇嗎？我並不這麼認爲。當自己的世界被勢力龐大的邪惡所威脅時，人們對於這種資訊的感覺非常的敏銳。這是當然。現在，我們的社會由各種文明所創造出來的東西所保護著——但反過來說，核子武器和臭氧層的破壞也是拜文明所賜，也把我們捲入更危險的境地裡。遠古的人們，必須比我們還敏感，因爲現在人們已經可以戰勝瘟疫疾病，過去有很長一段時間，人們仍爲其所苦。你們知道到今天爲止和黑死病對峙的戰爭當中，日本醫學家曾經有過很大的貢獻嗎？說到他們，兩百年前在這個國家裡，年輕人紛紛開始學習從荷蘭傳入的醫學，在當時的記載裡他們在大阪大展身手。

像這樣，人們把邪惡的動向具體化之後，就知道該怎麼去戰鬥。也會有人出來與之戰鬥。可是，在不知道實體時，人類就很容易流於製造冷漠的幻想。然後，在自己的幻想中，把邪惡的動靜當成假的實體。

學過歐洲歷史的人都知道，猶太人是個遭受過大規模迫害的民族。不論是古代的俄國或是東歐，針對猶太人產生的大迫害行動不絕於書。把滅猶當成是一國政策，將千百萬人送進毒氣室裡毒死的納粹，也不過是六十年前的事。

我想向大家建議的是，很多猶太人經過千辛萬苦活下來了，但是有更多人就這樣被殺害了，在我讀過由少年或少女所寫成的紀錄裡是這樣記載著。正如同我的父親所說，小孩子有小孩子的戰鬥方式，這就是一項最有力的證明，把猶太人被迫害的現場所發生的事情，透過孩子的眼一點一點記錄下來。

《安妮的日記》（*Diary of Anne Frank*）是其中最爲人所熟知的一本書。讀過這本書的人，不只瞭解了可愛又聰明的猶太人少女安妮・法蘭克的命運，也忘不了在第二次世界大戰，在德國及其周圍納粹勢力國家裡，有很多猶太人都被殺害了吧！

另外，在日本出版《安妮的日記》的某家大出版社，數年前竟然在雜誌上刊載了一篇報導，指出根本就沒有大量屠殺猶太人的毒氣室。出版社受到日本和國外強大的指責而取消刊登。我須對外國的年輕朋友們承認，原來日本也有人抱持著猶太人所受的痛苦是子虛烏有——並且還以爲恐怖和邪惡的一方是猶太人，加入從前即流傳的「謠言」散布——的態度。

我覺得最不可思議的是，那個某大出版社的編輯，難道不是在少年時代看到該出版社所出版的《安妮的日記》，內心受到感動，長大之後才來當編輯的嗎？而他竟然把當時的感動給忘了。小時後讀過的書長大就忘，這樣的讀書根本是無用的。親愛的孩子們，你們必須和社會上這些小時候讀了書就忘的大人們戰鬥。不要盲目跟隨自己沒有好好確認過的「謠言」，這也是一種小孩子戰鬥的方式。

百年的孩子

1

二十一世紀開始了。有人問我對這個世紀有什麼樣的想法。可是，孩提時候在「自己的樹下」幻想會遇到的那個變成老人的我，說實在的，已經無法再鼓起勇氣說自己對二十一世紀的新活力。可是，我希望各位孩子們，你們能更加勇敢些。

當我小時候，看到其他小孩子一起做什麼事情的時候，是不會袖手旁觀的。做得太過分的時候，父親會瞪我一眼，而我就會反省自己是否太過輕薄。到現在爲止，我覺得自己的基本性格一直沒變。而且，我認爲如果理由充分的話，和其他孩子一起精神充沛地奮鬥是件好事，太過火的話再反省，這對孩子來說也是件對的事。也就是，先奮鬥了再說！

每次走入森林，當時還小的我就會擔心自己會不會在「自己的樹」下和另一個我相遇，一方面也滿懷期待，想著長大之後的我應該還活在二十一世紀的前十分之一吧！因此，我會想，把自己所做過的事情綜合起來，應該就是我想做的事情；如果不能的話，也要繼續做自己一直在做的事情。如果沒這樣反覆思索的話，自己大概就會走上和現在所做、所說的完全不同的方向吧！找到自己想前進的方向，打直腰桿往前看，確認一下行進的方向，這是我從小到大自己的目標。不要急轉彎，一直走到最後吧……

我家裡有位殘障的小孩，他愛家人、把身邊的人看得很重要，這些感情和他健康的妹妹及弟弟都是一樣的。光在他十五六歲的時候——因爲是智能上的障礙，所以精神發展上大約是五六歲的程度——，他到森林中的祖母住處住了一個星期，要回來之時，他說：

——奶奶，請妳一定要死得很有精神哦！

我母親經常放在嘴邊的話就是到死之前她都要很有精神，光大概是記住了這些話！我母親對於孫子所說的話很開心，說她自己也要打起精神，這是她常常提起這一段往事。……等我發現的時候，我也對我自己說，好，到了二十一世紀，我也要持續下去，然後很有精神地死去。

2

每隔一陣子光和我就會舉辦音樂演奏和演講——雖然是這麼說，但實際上是更輕鬆的談話——兩者組合的演講音樂會（Lecture concert）。前一陣子我們是在兵庫縣的伊丹市舉行。

我和妻子一直快樂地和光一起生活至今，對我們來說，光還是個孩子，雖然

從大家的眼裡看來，他已經到了大人的年齡了。不論他身體長得多大或是製作音樂的能力有多進步，但在說話和運動的功能上，仍舊是和奶奶說話的當時一樣。

即使如此，在音樂會裡到了安可時間，他還是會上台和全家人熟識的演奏家們打聲招呼，在舞台上說句感謝的話。爲此，他會將自己想出來、或者說，他把一直想著的話語，在我和妻子的協助下寫成文章，抄在紙上放入口袋裡。這也是光的「人生習慣」之一。

在伊丹市，他這麼跟大家說：

「非常謝謝大家，今天來聽我的音樂。我的外公叫做伊丹萬作❶。所以，伊丹這兩個字我在小時候就記得了。我常想這眞是一個好地名。

吹橫笛的小泉浩先生、演奏小提琴的小林美惠小姐、還有彈鋼琴的荻野千里小姐，大家的演奏都非常棒。

我眞的是非常謝謝你們。」

在這場音樂會結束，回到家之後，馬上就收到了地方電視台送來的伊丹萬作百年誕辰專輯節目的錄影帶。在日本開始製作電影時，他曾導出非常出色的作品，和現在電視上放映的綜藝節目很不一樣，致力於籌拍眞正的喜劇電影。

當我們一家人一起觀看時，這個百年的詞彙再一次敲入我的心坎裡。爲這些文章畫揷圖的妻子，話題一轉到孩提時代，就取出貼有她父親用徠卡相機拍攝的小張照片的古老相本來。然後用放大鏡看著暗褐色的照片，花了很久的時間把細節部分一一描繪出來。

而我從這些照片和畫的「關係」中浮生出來的感想，也是「百年」。伊丹先生大約是在六十年前拍下這些照片。但那可以算是個誕生在百年前的人所生存的時代，在我眼中這種感覺非常強烈。而我從伊丹先生想到的，是他孫輩的孩子們生活下去的、現在開始的一百年。

誕生在百年以前的人所拍下的照片，現在已經變成了深褐色。把現在的光景拍下來的照片，在不久之後也同樣會褪去顏色吧。而見到這些照片的人們，他們的周圍又是怎樣的情景呢？這些人和我們相像嗎？我的思緒悠遊於百年時光中。

我以前曾經造過一間樹上的讀書之家，有了一個獨居的處所讓我很滿足，有時還會邊讀書邊幻想，母親田裡的工作告一段落，也會過來靠在我小屋的楓樹下歇歇腿。母親應該是想來和我說說話。這時候母親所說的話，和祖母最拿手的好戲一樣，都是這個森林中的傳說。母親也是聽外婆說才會知道吧！她們每次所說的古早故事，大約也都是百年前所發生的事情。母親的個子雖然嬌小，但是小木屋的位置並不高，所以我根本無法裝作沒聽到她在說話。

在母親所說的那些古早故事當中，有一個關於「童子」的故事。我聽母親說這個故事的時候，那故事還沒經歷百年之久，故事大概是發生在明治維新前後，是我們的土地上發生過的兩次「百姓一揆」（農民暴動）。

聽父親說過中江藤樹（見前文〈孩子的戰鬥方式〉注釋）小時候的故事，一旦遇上稻作歉收，地方上的農民很難繳納稅收，所以大家生活都很苦，於是一起商量著要遷往其他藩郡，這稱之為「逃散」。「一揆」也就是農民聚在一起滋擾生事。作物欠收是發生的原因之一，農民利用集體的力量，向課徵重稅的藩郡或——維新之後國家所派來，相近於現在的縣——郡負責人請願、抗議，這是一種訂立新條約，讓生活好過下去的一種行動。

在某次的一揆行動中，農民從各自的村子出來，往藩主或是郡長所在的城鎮前進。途中遇到的一大片河邊平原，照現在說法就是大家一起露營休息，一邊協議著今後該怎麼行動，來度過漫漫長夜。這時不知從哪裡冒出一個不可思議的小孩子——古時候的說法是「童子」——教大人們想都沒想過的新戰法。當暴動結束後，「童子」一個人回到森林的高處消失了。

3

在樹上所建造的讀書之家裡，我彎著身體橫躺著。靠在楓樹幹的母親只要還繼續說著話，我就不能下樹來。天空藍澄澄的，河川清澈見底，河水中閃閃發亮

的小香魚正啃著青苔。常常對我說不要在樹上看書，最好下來玩耍的母親，這天話特別多，我漸漸變得有點不耐煩。百年之後，這世界將變成什麼樣子呢？人又會是什麼樣子呢？我開始天馬行空地想像著。當然，過了一百年我應該不會還活著，所以只想著五十年之後，自己會在哪裡做怎樣的工作，然後焦急地想，現在待在這種地方，實在不太適合了。

然後，母親說：

——如果，童子現在從森林裡跑出來，你會怎麼辦呢？這問題我自己正在想像著，所以不打算正面回答。

——我會說我才是「童子」呢！

我這麼說，母親竟然沒有生氣，而是笑著接下去：

——當村子裡的人發生問題時，「童子」要從森林裡下來幫助人們喔！你可要好好做學問，鍛練身體才行……

4

母親是一位極其平凡，而有常識的人。如果不是這種性格，遇上多少有點夢想家性格的父親，在家無恆產就去世的情況下，她可能養不大七個孩子。話雖如此，當我說想要成爲一個學者時——是我自己有問題，所以最後才當不了學者——她卻馬上贊成，並且開始籌畫讓我到東京去的準備工作，在我成家之後，對於天生有殘疾的光，也是她發現他所說所做的事情是多麼有趣，她是個百分之百支持我們的人。

另一方面，我是那種不讀書也會東想西想的人，和母親談完話之後，在讀書之家裡翻讀了兩三頁書，腦袋裡已經不由自主地想著「童子」的事情。

以實際發生的事爲基礎，把沒有發生過的事情當眞似地想下去，叫做「想像」，沒經過這道過程，發呆胡思亂想叫作「空想」，這是日本民俗學家柳田國男所做的區別。

我在讀書之家中所作的事情，不像母親所期待的，既不是認眞讀書也不是鍛練身體，就只是空想而已。雖然我跟母親說自己是「童子」，其實我並不是眞的這麼想。毋寧說，我空想著如果看見了童子從森林裡下來，非常希望童子能帶我走。往哪裡去呢？往將來，百年後的世界前進！

用怎樣的方法去，那是另一個問題。總之，如果被「童子」帶往百年之後的世界，我很想知道，在那裡生存的人們——科學上應該進步非凡，是個和現在不一樣的世界吧——是不是和活在現下的自己是同種人呢。

現在想想，百年之後世界上的人，要是不認同現在自己所認爲好的、正確的、美的感覺，甚至是把相反的事情當成好的、正確的、美的事物的話，那該是件多麼令人害怕的事情啊！

❶伊丹萬作（1900-1946），生於日本松山，本名池內義豐。本業爲插畫家，經由伊藤大輔介紹，進入電影界成爲導演。擅長詼諧諷刺風格的電影，代表作有《國土無雙》《赤西蠣太》《忠臣藏》等。兒子是伊丹十三，女婿即本書作者大江健三郎。

沒有無法挽回的事情

1

我小時候最怕哪一句話呢？從寫這篇文章開始，我就希望自己能找到確定的答案。因爲我習慣把文章中覺得有趣、值得深思的一段話照樣抄在紙上並且背起來，因此腦中馬上就浮出幾個候選的句子。

但是，越來越沉浸在兒時回憶的場景之後，我發現，對自己來說最可怕的文字，並不是印刷在紙上眼睛看得到的文字，而是耳朵聽到的一句話：

——再也無法挽回了！——就是這句話。

那是發生在父親突然去世的那天。親戚和附近的人們，以及在報紙上看到這件意外的人，都趕來我家弔唁。這期間，日本鄉下女人的母親，卻以任何人都認爲理所當然的——因爲我還是個孩子，要是大人這樣認爲的話就很奇怪——楚楚可憐態度，靜靜哭泣著。

夜深了之後，我走到放置父親遺體的內屋去瞧瞧，母親還是一個人坐著。然後，她以憤怒而深具威力的聲音說：

——再也無法挽回了！——而且重複說了好幾次。

我一直站在走廊上，突然間害怕了起來，趕緊鑽回自己的棉被裡去。等到自己長大之後，每次遇到「再也無法挽回」這句話時，我就會想起半夜裡母親那不可思議的說法。

這兩三天，我都在書庫裡找一本書，不只是書名，我連頁數都記得，可是就是找不到書，所以無法正確地爲各位引述，那是木下順二❶先生所寫的：

——去挽回無法挽回的事情——大約是這樣意思的一句話。他就是以《夕鶴》

這部優秀作品廣為人知的劇作家。

年輕時讀到這裡時，我每每覺得胸口一緊。那個遙遠的夜晚，在森林中山谷間的屋子裡，年齡尚輕的母親，似乎不只是把父親的死當成不可挽回的事而哀嘆著，更因為想要挽回，卻無法辦到而生起氣來，這就是我在暗夜寒冷的走廊上所感覺到的恐怖。

2

接下來的這個問題，我很懷疑我所說的話會有幾分作用，總之，還是先試著寫寫看，那就是關於「小孩子自殺」這件事情。

我並沒有研究過孩子心理的專門知識。對於逼得孩子要去自殺的家庭、學校、社會的扭曲狀態，也沒做過調查和研究。最重要的是，我也沒有陪著辛苦的孩子們一起思考，或從旁具體協助過他們的經驗。

所以，我非常尊重這方面的醫生、社會學者、教師等的專業人員或是經驗者。要是可以把他們的想法傳達給孩子或是年輕父母知道的話，我一定會盡力去做。我回頭看看文學淵遠的歷史中，尋找小說家或是詩人曾經怎樣表現這些課題，同時也希望鍛練自己的想法。

在義大利，西元一三〇〇年前後，曾經出現過——我認爲就現在來說，他是七百年前的人類代表之一——詩人但丁。其大作《神曲》曾數度被翻譯成日文。

但丁用詩來叙述故事，在「煉獄到天國」三部曲中的第一部，他描寫了各種地獄的光景，在那裡的人們活著時作了什麼事情。

其中的第十三首是講自殺的人會下的地獄。他們的魂魄——雖然這麼稱呼，稱之爲亡靈比較適合——臉色鐵青面目猙獰的模樣，擺著和活著時一樣的姿勢，在這個地方，變成長出尖刺的樹木，形成了一片樹林。一個不小心折到小樹枝，亡靈們就會生氣，大聲申訴著自己的痛苦。

在這個森林裡，自殺者的靈魂被稱爲「對自己施以暴力者」。在我十五歲就認識的一個朋友，對我的孩子來說也是溫柔的舅舅，同時也是著名的電影導演，不久前自殺了❷。當時，我的感嘆還勝於悲傷，因爲有這樣俊美的姿容，擁有智慧又情感豐富的人，竟然選擇把所有的自己給毀了！

而我心中的那個耳朵，又再次聽見了，跟五十年前母親一樣的聲音說：

——再也無法挽回了！

3

成年人的自殺，特別是當那個人和自己認識的時候，如果曉得那個人大概已經活不下去了，那也只能感嘆這是沒辦法的事情。不過，隨之而來的深刻悲傷和沉重惋惜，卻是揮之不去……

而且，在他還活著的時候，如果能來和我談談要自殺的心情，讓我理解的話，我想自己應該會盡全力阻止他的……

大人自殺和孩子自殺的不同之處，就是活著的人絕對沒有辦法理解孩子爲什麼要自殺。這是爲什麼呢？因爲，對小孩子來說：絕對沒有無法挽回的事情。

我如此相信。我這麼說，不是牽強地相信，也不是對著大家裝樣子。是很自然地就這麼信仰著。能用功就用功、就算繼續工作也能學習，從經驗和優秀的朋友身上學習，轉變成自己的能力，我是從這些智慧中得到了體悟。

就算是我被帶到生活艱困得難以相信的孩子面前——世界上有很多這種孩子。請想像一下在非洲罹患愛滋病的貧窮小孩——當這些孩子說：

——已經沒有辦法挽回了！

也許在那一瞬間我會手足無措，但是，我還是會想以沙啞的聲音回答他們：

——不，沒有這一回事！

4

可是，事實上對小孩子來說也跟大人一樣，有一些無法挽回的事情。回想起童年時代，自己發生過種種事情。但是，我在每一次，都推翻了因爲我是個孩子所以根本無法挽回的想法，繼續活了下去。而且，也打心底認爲繼續活下去是正確的選擇。

對孩子來說，並沒有什麼不可挽回的事。總有一天可以扳回一城，這就是人類世界的「原則」。而孩子自己必須尊重這個原則，這是身爲孩子最大的榮耀。

我到目前爲止，寫了好幾次關於孩子擁有的榮耀。而在這段期間，也有人持著這麼寵孩子反而不好的反對意見。看了之後，我對此再持反對意見，其根據就是我在孩提時代的回憶，以及我擁有養育一個殘障孩子和兩個正常孩子的經驗。

的確，我的意見非常微薄。我承認這一點，但我還是要說：小孩子應該要保有自身的榮耀。我見過一些大人，他們年輕時應該光榮卻沒有把握，而且也覺得無所謂。可是，我卻沒碰過會裝老成、嚴聲厲色的小孩子。

說到小孩子，他們會不會去做什麼無法挽回的事呢？在現實生活中是有的。我想對於人來說，那是自己親眼所見過最痛苦的事。那麼，到底什麼事是小孩子做了就不可挽回呢？

那就是殺人和自殺。以暴力加諸他人將之殺害，以及對自己加諸暴力自殺。而這兩件可怕的事情，其實是一件事。親愛的孩子們，把「暴力」和「人命」兩件事情結合起來想就知道，殺人和自殺這兩件事情，其實是一件事吧！這樣的暴力並不適合小孩，而小孩子自己是可以決定不要使用暴力的，我相信這是身爲人的「原則」。

可是，或許也有人會認爲，在我們現在生活的世界裡，不是還有戰爭發生嗎？就算沒有打仗的國家，也製作、大量擁有甚至輸出武器，不是嗎？

的確，以原子彈、氫彈爲首的核子兵器，是現在活著的人所見，甚至可以說有史以來最大的「暴力機械」所製造出來的東西。目前世界各地興起了要逐漸減低、最後將之消滅的運動，但是還是沒有成功。

像聯合國這樣的組織，據說是二十一世紀中，最有減低戰爭希望的組織。我也是這麼想。可是，就算是爲了這個目的而組成的聯合國，其中擁有強大力量的國家，像是在總會中擔任安全理事會的常任國，中、法、俄、英、美五國，也都是武器輸出國。

也有人會說，那麼我們自己的國家又是如何？我們國家的憲法中明定，不可建立軍隊，但是在報紙或是電視上看到的自衛隊也備有強大的軍備，不是嗎？像這樣的聲音，在這個國家外出現得比國內更強烈。日本近鄰過去曾經被這個國家入侵過的人們，更會發出這種聲音。

我們這些日本大人當中，大部分都很在意日本憲法和自衛隊的狀態，也由衷希望爲要如憲法所明定，實現一個沒有軍隊的國家，所以自衛隊的規模要縮減。但相反地，也有人說這個國家具有武力強大的軍隊，所以應該把憲法改得符合現狀。這些就是今日在這國家裡，身爲大人的我們，必須一邊思考著你們這些孩子的未來，一邊討論、決定的事情。

所以，你們也必須要多想想。我希望各位遇到這種狀況也能秉持從「原則」來考量和堅持。也就是首先把這些問題當成身邊人們的問題——小孩子以暴力加害他人並將之殺害，以及對自己施以暴力自殺，從這個「原則」開始思考。大人做了很多事情，也還有許多事尚未完成。小孩子一定要抱著身爲「人」的榮耀，自己守護著「原則」，然後再進一步思考該怎麼走下去，這樣明日的世界才有光明的可能。

❶木下順二：（Junji Kinoshita, 1914-）日本劇作家，生於東京。一九三六年入東京大學英文系，研究莎士比亞和英國十六世紀戲劇。其理想是將現代西方劇作與日本古典文學結合。

❷這位電影導演就是作者的妻舅（內兄）伊丹十三，兩人從高校起即亦師亦友相交了四十餘載。一九九七年伊丹十三跳樓自殺。事後大江針對此事寫了小說《換取的孩子》（二〇〇二年，時報出版中譯本）。

請再等上一段時間

1

我曾經寫過，對小孩子來說，沒有什麼不可挽回，而且自己不要作無法挽回的事情，這就是「原則」。然而，若是痛苦萬分，而想做無法挽回的事情時，該怎麼讓小孩子打消念頭呢？

對於這個問題，我從小就常常思索著，因而得到一個答案。雖然非常簡單，但是從經驗來看卻非常有效。那就是要擁有「再等一段時間的力量」。不管怎麼說，只要想要做自己無法挽回的事情時，我希望大家能振作地「再等上一段時間」，不要自暴自棄地說已經不行了。

對小孩子來說，這個「一段時間」眞的是非常重要。長大成人之後，有時就算再等「一段時間」結果也還是一樣的。可是，對小孩子而言，結果絕不會如此。在等待的「一段時間」當中，什麼都有可能發生。如果要我選一句話，對生活在二十一世紀的你們說，我會這麼說：

——如果一直鑽牛角尖，一定要去做不可挽回的事情，這時候，希望你能提振起「再等上一段時間的力量」！

這其中需要勇氣，平日就要鍛鍊這股力量。不過，這股力量其實就在你們的身體裡。

2

剛剛寫過，我在新制中學一年級的時候，從舊制高中生手上拿到舊制中學的

幾何教科書，一個人自得其樂。上高中之後也繼續學幾何，並且開始學習解析幾何。在大學入學考試題庫叢書裡，只有數學的部分，我能非常愉快地解答。

雖不是全部，但我認爲這個初級的基礎數學，和希臘的倫理學中發展出的新學問——記號倫理學有所關聯。現在也是，當我思考到稍微複雜的問題時——特別是搭乘飛機到外國去，必須長時間坐著時——就會把筆記本先劃分成幾個小區塊，在範圍內試著把問題一個一個整理好，好好想一想。這麼一來，想著想著，就算得到的答案和自己希望的結論不同，也感覺自己能好整以暇準備解決了。大抵上經過深思熟慮所得的東西莫不如此。

我在高中學習的解析幾何，在起初的《解析Ⅰ》書裡，還沒有學到用微分或積分等高級數學思考方式的階段。在教科書裡或題庫裡的計算題，對於像我這樣非理科的學生而言，要比《解析Ⅱ》有趣多了。

我特別喜歡把題目裡的條件列成算式，再來計算解決的問題。在解題的過程中，我會把某一部分的複雜數字與記號先畫上括弧，用A來表示。這樣算式就會簡單多了，計算的時候，看到等號兩旁有相同的A數，或是分子、分母同時有A，就可以同時消掉。說實在，這時候我眞的很高興。

就算A消不掉，在整理好的式子裡把括弧去掉代入A，計算也能很順利地進行下去。

另一方面，如果在計算的最後階段，把括了又括的括弧去掉，結果當初怎麼也解不出來的問題又再度重現時，用A來代換的時間像是白費了似的，一切「徒勞無功」，讓人氣餒。這時也只能嘆口氣：

——沒辦法了！這也是我自找的。再打起精神來。

事實上，從那時候起，遇到比數學更難的問題，我也開始先將一部分用括號括起來當成A。這時候，就像剛剛所寫的，有時自然而然就把A消掉解決了。

也曾經有過，最後的算式——也就是思考的問題——雖然整理好了，但是把A的內容放回去，最初的困難問題仍依舊留著。這個時候，我發現和解決數學題有點不同：

──我竟然已經避開這個問題最困難部分了！

然後，再一次蘊生出從正面迎接挑戰的精神。這種精神在我長大之後也仍然持續著。

3

剛才我之所以舉數學的回憶作例子，其實是想對大家說明以下的一件事情。我想說的是：對小孩子來說「等待一段時間的力量」非常重要。不論是小孩子還是大人都一樣，在生活中，遇上眞正困難的問題來找碴時，暫且就把它放入括弧內，放置「一段時間」之後再看看。這麼做之後，再來計算活著的這條龐大的算式，這和一開始就逃避問題並不一樣。

在等待的期間裡，有時括弧內的問題會自然解開了。把括弧內的問題當作B的話，有時就算是等上「一段時間」──特別是我小時候──還是無法完全忘

掉。或著一面放著，一面卻在心上牽掛著，不時回憶起。但是當痛苦的時候，我不把這當作是具體的問題或特定的人，而換成B這個記號來思考：

——雖然B還無法解決，那就再等一下吧！

這樣子做了之後，有好幾次讓我的心情不知道輕鬆了多少。即使到了現在，我也都還能把最可惡「小惡霸」的臉代換成某個記號。

所以，經過了「一段時間」再來看看括號，如果問題還是老樣子，這次就必須要正面面對了。可是，親愛的孩子們，在拚命忍耐的「一段時間」當中，你們會發現自己也成長了，變得更健壯了。這就是和數學問題不一樣的地方。我在高中到大學畢業的那段期間，就是這樣撐過來的。而現在，我還活著。

4

我們家的第一個孩子出生之後，當醫生宣告他患有智障，而且將來也無法

「治好」的時候，我感覺到對我和妻子來說，這將會是我們一路走來的人生中所遇過最困難的一個問題。

我那森林中的老母親也把這當成她自己的問題，幫我們找出解決的方案。我母親認爲在都市中智障兒會被差別待遇、被欺負。如果待在自己村子裡，居民們都是老相識，小孩子就算欺負他或是纏著他開玩笑，自己也可以馬上出面解決。這就是她提出的解答。

她的提案是在森林邊緣建一幢可以和孫子光兩人一起生活的林中小屋，和妻子商量過後，我們並沒有接受這個提議。

光從養護學校畢業後，決定秋天去福祉作業所的那個夏天，去看了奶奶好幾次，說出讓我和妻子都覺得不可思議的話。

——我很會做木工。（一邊這麼說，然後對祖母指著河川對岸的森林）有這麼多樹，我想要一邊做木工，一邊和奶奶一起生活。

光雖然不說，但他是不是對於去福祉作業所工作感到不安呢？因此讓他又想起常聽我們說的森林小木屋計畫呢？

——啊，如果可以的話！母親好像只這麼說。她已經步入老年，沒有力氣實行幾十年前提出的計畫了。

之後又過了幾年，我們把光做出的曲子，請鋼琴家朋友幫忙錄在錄音帶上，送到森林中的老家去。母親由衷感到高興，她打電話給妻子說：幸好沒讓光在森林邊緣的小屋生活，這麼做的話，我和光只會愉快地懶惰著，根本想不到他還可以創作音樂呢！

經過「一段時間」的沉澱累積，我和太太以及母親甚至是光自己，都沒想出解決的方法，但是這麼困難的問題，卻漂亮地解決了。現在開始，對光來說應該還會需要面對許多問題，但我想，包括他妹妹、弟弟在內的我們家庭，已經不再有被窮追猛打的心情，可以正面面對了。

5

在我長時間的小說家生涯中，這是我第一次，針對孩子寫出份量可以出成一本書的文章。一想到要寫這樣的書，許多想要寫的東西就紛至沓來，從適合小學高年級閱讀，到高中準備大學入學考試的學子們的內容都有。所以，這裡的文章感覺上很孩子氣，相反地，也有的被認爲很難，這種七上八下經驗你們也有過吧。事實上，有人寫信來這麼說。因爲我一直寫書給大人看，也沒有實地做過老師，所以才會出現如此的缺點。這更讓我深切感受到宮澤賢治的偉大。

儘管如此，我也從你們身上得到非常珍貴、高興的快樂反應。像是在游泳俱樂部遇到的少年，詢問我關於第一篇文章中，我妻子——是高中時候最要好朋友的妹妹，所以從小就認識——所畫的插圖裡的一些問題。

——在大樹的左邊，有位老先生。小孩子腰上插著小木棍，正走過樹底下往老先生的地方走去。他是要去打那個怪怪的老先生嗎？老先生帶著東西（根據妻子的說明，那是以前老人家幾乎都人手一支的扇子類東西）是防禦用的武器嗎？

那是小時候的我幻想著在「自己的樹下」遇到年老的我時——祖母說有這個可能——正在詢問「你爲什麼活著？」這句話的場面。並不是什麼要暗算敵人的計畫。

我重新想，現在已經到了老人年紀的我，再回到故鄉的森林裡，如果遇到還是小孩子的我，該說些什麼話才好呢？

「你長大之後，也要繼續保持現在心中的想法唷！只要用功唸書、累積經驗，把它伸展下去。現在的你，便會在你長大之後的身體裡活下去。而你背後的過去的人們，和在你前方的未來人們，也都會緊密連結著。

你就是愛爾蘭詩人葉慈所說的『自立的人』。就算長大了，也會像這棵樹一樣，或者說，就像現在的你一樣，頂天立地活下去！祝你幸運。再見，總有一天，我們還會在某處相遇！」

原刊載於《週刊朝日》

〈爲什麼孩子要上學？〉2000年8月4日號；

〈人爲什麼要活著？〉到〈請再等上一段時間〉，2000年10月27日號至2001年2月9日號。

大師名作坊74 爲什麼孩子要上學

作　者—大江健三郎
譯　者—陳保朱
主　編—葉美瑤
編　輯—黃嫣羽
校　對—陳嫺若、陳保朱、黃嫣羽

董事長—趙政岷
出版者—時報文化出版企業股份有限公司
108019台北市和平西路三段二四〇號三樓
發行專線—（〇二）二三〇六—六八四二
讀者服務專線—〇八〇〇—二三一—七〇五・（〇二）二三〇四—七一〇三
讀者服務傳眞—（〇二）二三〇四—六八五八
郵撥—一九三四四七二四時報文化出版公司
信箱—一〇八九九台北華江橋郵局第九九信箱
時報悅讀網—http://www.readingtimes.com.tw
電子郵件信箱—liter@readingtimes.com.tw
印　刷—勁達印刷有限公司
初版一刷—二〇〇二年八月五日
初版三十六刷—二〇二三年三月二十日
定　價—新台幣二三〇元

時報文化出版公司成立於一九七五年，
並於一九九九年股票上櫃公開發行，於二〇〇八年脫離中時集團非屬旺中，
以「尊重智慧與創意的文化事業」爲信念。

ISBN 957-13-3726-9
Printed in Taiwan

爲什麼孩子要上學／大江健三郎著；陳保朱譯
. -- 初版 . -- 臺北市：時報文化，2002〔民91〕
面： 公分 . -- （大師名作坊；74）

ISBN 957-13-3726-9（平裝）

861.6 91012990